LAS COSAS QUE NOS PASAN

GUADA GUERRA

LAS COSAS
QUE NOS PASAN

PLAZA JANÉS

Papel certificado por el Forest Stewardship Council®

Primera edición: febrero de 2025

© 2025, Guadalupe Guerra Rodríguez
© 2025, Penguin Random House Grupo Editorial, S. A. U.
Travessera de Gràcia, 47-49. 08021 Barcelona

Penguin Random House Grupo Editorial apoya la protección de la propiedad intelectual. La propiedad intelectual estimula la creatividad, defiende la diversidad en el ámbito de las ideas y el conocimiento, promueve la libre expresión y favorece una cultura viva. Gracias por comprar una edición autorizada de este libro y por respetar las leyes de propiedad intelectual al no reproducir ni distribuir ninguna parte de esta obra por ningún medio sin permiso. Al hacerlo está respaldando a los autores y permitiendo que PRHGE continúe publicando libros para todos los lectores. De conformidad con lo dispuesto en el artículo 67.3 del Real Decreto Ley 24/2021, de 2 de noviembre, PRHGE se reserva expresamente los derechos de reproducción y de uso de esta obra y de todos sus elementos mediante medios de lectura mecánica y otros medios adecuados a tal fin. Diríjase a CEDRO (Centro Español de Derechos Reprográficos, http://www.cedro.org) si necesita reproducir algún fragmento de esta obra.
En caso de necesidad, contacte con: seguridadproductos@penguinrandomhouse.com

Printed in Spain – Impreso en España

ISBN: 978-84-01-03483-1
Depósito legal: B-21371-2024

Compuesto en Mirakel Studio, S. L. U.

Impreso en Black Print CPI Ibérica
Sant Andreu de la Barca (Barcelona)

L 0 3 4 8 3 1

*A quienes me enseñan a creer en la amistad
por encima de todas las cosas*

Y a mamá, la primera de la que aprendí

VIERNES

1

No sé qué tiene el presente
que no me gusta

SOFÍA

Hay una guerra en algún lugar cercano y han bombardeado colegios y hospitales; los niños muertos se cuentan ya por millares. Ha habido un tiroteo en un instituto; hablan de una masacre y una alumna lo ha retransmitido por Instagram. Un hombre ha asesinado a una mujer. Otro hombre ha asesinado a otra mujer. Ascienden a cuarenta y siete las mujeres asesinadas este año, la cifra más alta desde que hay registros. Después, el hombre se ha suicidado; dos hijos huérfanos. No existían denuncias previas. Han apuñalado a un adolescente; los testigos dicen que por su orientación sexual. Cada siete horas muere una persona en el mar tratando de llegar a España en patera o cayuco. Un desastre natural ha vuelto a dejar a un montón de gente sin cosas, sin casas. Todavía es pronto para hacer recuento de víctimas. Se han gritado algunas barbaridades en el Congreso. Una persona con discapacidad ha escalado una montaña; antes del accidente que le destrozó la médula nunca se habría atrevido, dice. El Real Madrid firma el mejor inicio liguero de su historia y pasa algo con el tenis, no sé.

El telediario es solo un ruido de fondo, parte de la rutina. Si estoy en casa, enciendo la televisión a las tres de la tarde y lo tengo ahí, puesto. Para saber qué está pasando, supongo. Para poder seguir las conversaciones. Para hacerlo con criterio, para estar situada. A veces le presto atención, y entonces, me enfado. Me enfado con todo: con la opinión implícita en la manera de contar las noticias, con el circo que hay montado en la política española, con que el mundo en general se esté volviendo loco y con lo habituados que estamos ya a mirar para otro lado, a seguir viviendo como si nada. También me frustra nuestra incapacidad, la nula posibilidad de cambiar las cosas. No logro gestionarlo, así que mantengo un contacto estrictamente superficial con la actualidad por pura supervivencia. El día a día, la realidad, es insoportable.

Hoy solo lo escucho desde mi habitación. Aunque quizá llamar a esto «mi habitación» sea demasiado, porque vivo en un estudio de treinta y siete metros cuadrados. No mantengo la vista en la pantalla, sino en mi armario. Empiezo a agobiarme; hace semanas que le doy vueltas y termino dejando el tema a un lado, pero el día ha llegado. Es viernes, son casi las cuatro de la tarde y estoy en un *noséquécoñomevoyaponerestanoche* de manual.

Habitualmente no tengo este problema. Son mis amigas, las niñas, las que suelen preocuparse del agobio que supone para ellas salir a comer o a cenar y elegir un pantalón y una parte de arriba que sea cómoda, elegante y quede bien en las fotos. O, si el plan es salir, son ellas las que dedican media semana a enviar fotos de modelitos al grupo de WhatsApp asegurándose de que todas vamos a seguir el mismo código de vestimenta. Por supuesto, si alguien se atreve a arreglarse un poco de más, dejando a las otras en desventaja, se arriesga a una pequeña bronca porque *yasedijoporelgrupoquehoydetiradas*. Yo pensaba que esto, que comenzó cuando acordábamos qué cazadora combinar con el uniforme del colegio, se nos pasaría en la edad adulta. Resulta que no.

Hoy me preocupa qué ponerme porque es mi cumpleaños. Bueno, mi cumpleaños fue la semana pasada, pero hoy me toca celebrarlo. Me toca celebrarlo por costumbre, por rutina, por no quedar mal. Porque no quiero tener que enfrentarme a todo el mundo si digo que este año no. No me apetece, no tengo ganas de reunirme con tanta gente, ni de ponerme al día, ni de soplar velas, ni de fotos, ni de sonreír por compromiso. Es viernes, pero tengo el cuerpo como de lunes. Me apetece más hacerme bolita en el sofá. Pensar en bailar me da pereza. Además, mi cuenta corriente está demasiado tiesa como para invitar a veinte personas a cenar y a emborracharse a mi costa.

«En mi honor», me digo y me repito, pero no, mira, la verdad es que no. A mi costa. Soy la que patrocina la noche. Que mi cumpleaños sea a mediados de septiembre es lo mejor que les puede pasar a mis amigos. No sé en qué momento esto se convirtió, por decreto, en la última fiesta del verano. Ahora, celebrarlo ya es obligado porque no puedo dejarles a todos sin el adiós oficial a los meses buenos. Si no nos juntamos en esta quedada histórica, como que no empieza oficialmente el año —porque todos sabemos que los años empiezan en septiembre—, como que no vuelve la rutina. Ellas y ellos no fallan, eso también hay que decirlo. Tratar de quedar durante todo el mes de agosto para tomar algo es un imposible, pero, cuando anuncio esta fecha, la unanimidad en el sí es asombrosa. Elijo pensar que lo hacen por mí. Me gusta autoengañarme con las cosas sin importancia que me hacen sentir bien.

Sigo delante del armario mientras sobre la cama se apilan opciones que no terminan de convencerme. Me pruebo un vestido que en mayo me quedaba estupendo, pero que ahora certifica los excesos de chiringuitos y festivales; un top que me sentará estupendamente el día que tenga dinero y me opere las tetas, pero que ahora mismo me hace parecer aún más plana. Otro vestido. Un traje que me parece demasiado. Finalmente, hay un dos piezas *beige* que me combina con los restos del moreno veraniego y que creo que me sienta bien, y caigo. Espejo, foto y pido opinión a las niñas.

Somos cinco en el grupo de WhatsApp; tres lo han visto y no dicen nada. Vuelvo a mirarme en el espejo, me calzo unas sandalias con plataforma para mejorarlo, recojo las tazas de café que tengo tiradas por las esquinas del apartamento y empiezo a guardar de nuevo en el armario toda la ropa que no me convenció. Reviso el teléfono y sigo sin respuestas. Hago la cama y pongo un poco de orden en la cocina. Debería limpiar, pero no va a ser hoy. Tratando de no desesperarme con el móvil y de parecer una persona segura de sí misma y de sus decisiones, riego las cuatro plantas que me caben en esta lata de sardinas en la que vivo y a la que sigo sin terminar de acostumbrarme. Pero no puedo más.

«¿Qué pasa? ¿Tan mal me queda? Si no os gusta, también podéis decirlo, ¿no? Que creo que hay confianza». Vuelvo a leerlo antes de enviar y suena demasiado borde, así que borro y envío un audio diciendo lo mismo, pero con voz de buena; añado un «qué ganas de esta noche» tan falso como el fuera de juego en un futbolín y envío. Bloqueo el teléfono y lo apoyo en la mesita; suena inmediatamente, no me da tiempo ni de sentarme en el sofá.

> Tía, perdón, que lo vi mientras estaba con un paciente

> Te queda increíble

> Y además resalta el moreno

> Pero píntate un poco el morro

> Que es tu cumple

> Por cierto, Lucía me ha dicho que se viene también esta noche

> Así que cuenta con ella

> Espero que no te importe

Lo que diga Irene no me vale, está muy concienciada con el *body positive* y necesita un par de cervezas para decir las verdades. En cualquier caso, «te queda increíble» me gusta. Vuelvo a ponerme delante del espejo y pienso que sí, que tiene razón. Me veo muy bien, diría incluso que hoy estoy guapa. Que su amiga Lucía se una a la fiesta no es novedad; Irene a veces la suma a los planes.

> Gracias, Ire
> Está bien que venga Lucía,
> no te preocupes,
> a ver si le gusta alguno de estos
> Ánimo con la tarde. Que te dejen salir
> a tu hora. Nos vemos después!

> La que tiene que pillar eres tú, Sofi, que es tu fiesta! Me encanta el conjunto, pero pensé que lo de hoy era algo más informal

> Yo me iba a poner unos vaqueros, pero, si hay que vestirse de boda, pues busco otra cosa...

Julia está «de no» con la vida porque pasa por unos meses complicados, así que me ahorro la primera respuesta que se me pasa por la cabeza y trato de ser empática.

> Ju, puedes ponerte lo que quieras porque estás espectacular hasta en pijama

> No hay que vestirse de nada, pero, bueno, no tenía yo hoy muchas ganas de fiesta y las fuerzo un poco si me veo guapa y me lo decís, nada más

Vale, perdona, no quería sonar borde
Me ha bajado la regla esta mañana y no me soporto ni yo. Y estoy en clase, que tampoco ayuda

Después pienso qué me pongo, pero descarta el pijama, si hay que vestirse de ganas, quizá hasta me subo a los tacones. Y, venga, yo digo sí a pintarnos el morro todas, que es la última gran noche del verano

Le he dicho a Emilia también que si quiere puede pasarse, así mañana sobrellevamos juntas la resaca

> Claro, que se venga la morra!

> Venga, me gusta esa actitud! Hoy vamos con todo!

Lo escribo y, además, me lo empiezo a creer. Es verdad eso de que las ganas pueden forzarse un poco. Y me encanta que Emilia se sume a la fiesta. Julia la descubrió el año pasado, cuando empezó con el MBA; ella venía de México y no conocía a nadie. La acogimos y ahora planeamos visitarla allá cuando vuelva. Es uno de esos planes que no se cumplirá jamás, pero que nos ocupan horas y horas de conversación mientras los soñamos.

> Pablo y yo acabamos de hacer
> una paradita en Benavente.
> Llegaremos a Vigo sobre las ocho.
> Pasamos por casa de mi madre,
> nos cambiamos y listos para lo que
> queráis

> Me he traído dos modelitos, pero ya me
> acabáis de dejar claro que me ponga el
> más arreglado

> Julia, venga, que hoy quiero verte un
> poquito más contenta, poco a poco

> Sofíaaa, me gusta mucho el conjunto

Claudia se ha comprometido con Pablo este verano y vive en una nube desde entonces; hace catorce años que se fue a estudiar a Madrid y allí se quedó, pero no se pierde las citas importantes, y parece ser que esta lo es. Se viene. Pablo ahora es como su tercer brazo, un extra que no quiere, no puede o no sabe dejar en casa. Nunca. Así que, si queremos Claudia, asumimos que serán Claudia y Pablo. Todavía estamos acostumbrándonos, y no siempre lo llevamos bien.

> Yo llevo una semana horrorosa y creo que también me está bajando la regla, así que iré, pero no me comprometo a nada. Lo siento

> Sofi, te queda muy bien

> Gracias, Belén. Lo que puedas, no te preocupes

> Cómo tenéis la tarde? Nos vemos antes nosotras? A las 20.30 donde siempre? Y después ya vamos al local, que le he dicho a la gente que se pase a partir de las diez. Y así nos ponemos al día

Claudia dice que ella llegará más justita y, por supuesto, nos recuerda que viene con Pablo; Irene, Julia y Belén confirman hora y lugar. Ahora que ya puedo organizarme, me desvisto, preparo el conjunto sobre la cama para volver a ponérmelo después y pienso en qué voy a hacer hasta entonces. Tengo algo más de tres horas por delante y debería ponerme a trabajar si pretendo liberarme el fin de semana, pero entro de nuevo en la aplicación de salud.

Hace sesenta y ocho días de mi última regla y tengo un pensamiento intrusivo que no para de atacarme para que le preste atención al porqué; intento concentrarme en otra cosa, pero, cada vez que alguien menciona el asunto, vuelven a saltarme todas las alarmas. Lo cierto es que puede ser algo normal con esta pastilla anticonceptiva, pero también es verdad que hace meses que la estoy tomando y que hasta ahora había sido como un reloj. ¿Que llevo un tiempo con mucha carga de trabajo, algo de ansiedad, ocio desfasado y el cuerpo descontrolado y que eso puede afectar? Sí. ¿Que en mi ocio desfasado va implícito un verano de sexo ocasional un poco desmadrado? También.

Quizá debería comprarme un test y salir de dudas. Pero la verdad es que prefiero las dudas a desmayarme como vea dos rayitas. Es que ahora no me viene bien. No, desde luego que no. Ni un embarazo, ni hacer cuentas de quién puede ser el padre, ni la bronca de Irene por haber follado sin condón, ni ser madre soltera siendo autónoma, ni pensar en convivir con otro ser en un espacio tan pequeño, ni nada. No me viene bien nada y celebro mi cumpleaños y esto tiene que ser un pensamiento de la Sofía del futuro. La Sofía del presente tiene que ponerse a trabajar.

2

Una misma historia siempre la desgasta

Irene

Hace una semana y un día que fue el cumpleaños de Sofía. Hace un mes que sabemos que esta noche lo celebra. Hace más de veinte años que somos amigas. Y, por supuesto, a estas horas aún no tenemos regalo. No tenemos regalo porque somos un auténtico desastre, porque estamos todas muy ocupadas y porque qué pereza pensar en qué regalar. Y qué pereza ir a comprarlo. Y ya mañana y ya mañana. Y se pasó la vida y llegó el día. Y sin regalo. Nos sucede a menudo, así que Sofía será plenamente consciente de que ahora mismo se está creando un grupo nuevo de WhatsApp que se llama «Regalo Sofi» y que es puro protocolo.

Y todo esto porque mi amiga Lucía, al confirmarme que se suma a la fiesta, me ha preguntado si compra un detalle o si puede unirse a nuestro regalo. Nuestro regalo. Y he pensado que no sabía qué era nuestro regalo, que con los turnos que tengo últimamente en la clínica estaba pasando de todo y que no me había preocupado por esto hasta hoy, pero que seguro que las demás ya habían comprado algo o, al menos, barajado ideas. Y he buscado entre las conversaciones un grupo que se llamase «Regalo Sofi», «Regalo Sofía» o «Sofi» y un icono de paquete de regalo…, pero nada. Es verdad que siempre borro los grupos de WhatsApp, pero nunca antes de que caduquen. Así que he certificado que seguimos siendo una calamidad de amigas y que esta vez se nos ha ido un poco de las manos; y procedo a crearlo. Necesitamos una idea de regalo y a alguien que vaya a comprarlo, y tenemos tres horas.

Añado al grupo a Belén, a Claudia y a Julia. Les informo de que Lucía se une y pone dinero. Claudia dice que Pablo, por supuesto, también, pero que están en la carretera y van a llegar con el tiempo justo, por lo que todo les parece bien; que va a dejar el móvil porque se marea, pero que hagamos lo que queramos, que sí a todo. Es decir, que se borran, pero que apoquinan. Faltaría más.

Belén se limita a pedir que contemos con ella, pero de ir a buscarlo no dice nada. Acabará tocándome ir a mí, como siempre. Cualquier día me pongo en huelga de cumpleaños y adiós regalos; superada la treintena, quizá va siendo hora de dejarlo. ¿Hasta cuándo se supone que tienen que hacerse regalos grupales? ¿Solo se regala si el cumpleaños se celebra? Julia dice que su amiga Emilia también pone dinero y aprovecha este aparte para preguntarnos a las demás si sabemos si vendrá Sergio.

Yo no había pensado en Sergio, pero confío en que Sofía sepa priorizar. Sergio es el exnovio de Julia. Lo dejaron un poco antes del verano y, desde entonces, ella no levanta cabeza. Llevaban juntos diez años, que es casi como decir toda la vida, y era uno más en nuestro día a día. De hecho, fueron los primeros en independizarse, y su piso se convirtió un poco en el de todas. Allí eran las cenas, las comidas, las tardes de películas y palomitas y hasta alguna vez les pedíamos la habitación que les sobraba para llevarnos a alguien.

Eran los años en los que Sofía, Belén y yo volvíamos a Vigo. Ellas, tras terminar la carrera; yo, un poco antes, tras plantarla cuando en mi casa me cortaron el grifo de la financiación. Tuve que cambiar Odontología en Madrid por una FP de Higienista bucodental aquí, en la ciudad; en aquel momento fue un drama, ahora está superado. Pero la cuestión es Julia. Julia pasó de darnos un poco de pena —se había quedado a estudiar en Vigo y seguía viviendo con su familia— a provocarnos mucha envidia. Conoció a Sergio, que era maravilloso, y parecía que estuviesen predestinados a encontrarse. Se independizaron y, mientras nosotras aterrizábamos de nuevo en casa de nuestros padres con un futuro cargado de dudas, ellos habían construido un hogar y un proyecto en común.

Si hubiese tenido que apostar, jamás habría valorado su ruptura como una opción. Eran el equipo perfecto. Estaban hechos el uno para el otro, se querían, se cuidaban, se admiraban, aguantaron tres mudanzas y siete años de convivencia, ambos eran uno más en la familia del otro... No tenía sentido que una relación tan sana, cuidada y llena de amor no fuese para siempre. Pero estamos en una edad complicada, y lo de tener hijos, en muchas ocasiones, es un punto de inflexión. Hay parejas que se percatan de su incompatibilidad cuando los niños ya descansan en la cuna. Julia y Sergio lo supieron antes.

Cuando cumplió los treinta, ella empezó a poner el asunto sobre la mesa. Sergio evitaba la conversación y, cuando no podía escaquearse, simplemente daba largas. El diciembre pasado, Julia le habló claro. Le dijo que quería tener varios hijos, que el cuerpo de una mujer no responde a plazos caprichosos ni es una alarma que se pueda posponer, que quería ser una madre joven, que tenían una situación laboral y económica estable, que sus padres se hacían mayores y ella quería que disfrutasen de sus nietos y que no podía esperar más, que era el momento. Sergio aseguró que la entendía y le pidió un poco de tiempo para hacerse a la idea. Tiempo, en general. Tiempo, sin ser capaz de concretar si este podría medirse en meses, años, lustros o décadas.

La cuestión de los hijos pasó a ser el elefante en la habitación. Cada vez que Julia hablaba de ello, a Sergio le entraban sudores fríos y pedía posponerlo un poco; llegó incluso a hincar rodilla para manipular los plazos, pero Julia no cedió y condicionó el sí al embarazo previo. Nosotras, con ella, no podíamos ni mencionarlo porque así nos lo había pedido, pero de vez en cuando Julia explotaba. Dejarlo con Sergio nunca había sido una posibilidad; ella tenía claro que sería el padre de sus hijos y la persona con la que formaría una familia. Jamás se había planteado que no estuviesen en el mismo punto. Sentía que llevaba diez años compartiendo cama con alguien que de repente le parecía un desconocido. No entendía cómo no podía querer lo mismo. Y la relación se resintió.

Poco a poco se acabó la calma, y la disputa era palpable en el día a día; vivían en tensión permanente, porque había momentos en los que Julia volvía a plantearlo y acababan discutiendo algo que no tenía otra solución más allá de que cediese alguna de las partes. Nunca habían sido una pareja de grandes broncas ni disputas; diría que, pese al paso de los años, seguían estando realmente enamorados a pesar de haberse convertido en adultos juntos y haber descubierto ya los abismos del otro. Eran un milagro, o eso parecía. Cuando quieres a alguien, se activa el mecanismo automático de anteponer su bienestar a casi todo; querer es priorizar, es proteger al otro de nuestra propia capacidad para hacerle daño, y ellos lo tenían claro. Para ambos, ceder resultaba, en la mayoría de las ocasiones, sencillo. Pero, claro, no es lo mismo ceder a la hora de elegir dónde pedir la cena a domicilio que cuando lo que está por decidir es tener un hijo.

Julia dejó los anticonceptivos, pero a Sergio le podía la presión, así que el sexo también se resintió y dejó de sostener lo poco que quedaba en pie. En mayo, él le pidió una conversación al respecto y Julia recuperó la ilusión durante toda aquella tarde. Cuando llegó a casa y vio la cena preparada, pensó que todo se había arreglado, pero no era más que una muestra de cariño. A la postre, la última. Sergio le dijo que él la quería, que estaba más enamorado que nunca y que le dolía mucho fastidiarlo todo, pero no se veía preparado para ser padre, no ahora, no todavía. Que no quería comprometerse a responder a un cuándo porque no podía saberlo y que no iba a ser él quien tomase la decisión, pero que, si ella quería dejarlo, él lo entendía.

Julia lloró durante una semana y, finalmente, decidió pensando en ella. Lleva desde entonces culpándose por, dice, haber sido una egoísta, pero creo que tampoco se habría perdonado quedarse al lado de alguien con quien no compartía los planes a medio plazo. En junio recogió sus cosas y se fue a casa de sus padres, y ahora está muy perdida. Desmontó su vida y no sabe por dónde empezar a reconstruirla. Y nosotras, que se supone que somos sus amigas, no tenemos ni idea de cómo ayudarla. Ella era la que iba por delante, la más adulta, la que tenía el camino más marcado y organizado, el futuro más claro. Si el suyo ahora está borroso, el nuestro es casi transparente; nosotras creemos que seguimos teniendo veintipocos, que ya pensaremos después en todas esas cosas. Por eso le había venido genial conocer a Emilia; ella también estaba un poco perdida y, de algún modo, se hacían el aguante.

Y, ahora que Julia pregunta si Sergio vendrá esta noche al cumpleaños de Sofía, yo no sé contestar. Tampoco sé qué respuesta le agradaría más. Creo que es mejor que no venga, porque con alcohol de por medio las cosas se confunden, y lo suyo ya no tiene mucha solución.

Se han visto alguna vez en verano, y la cosa no ha acabado bien. Siempre es una pena comparar lo que era algo con lo que ya no es ni será. Sergio sigue en el piso esperando a que Julia cambie de opinión y vuelva a casa dispuesta a esperar, y Julia lo que está es desesperada por que Sergio se dé cuenta de que lo que ella le propone merece la pena. No quiere conocer a nadie, porque sigue pensando en Sergio como el único padre posible para sus hijos, pero quiere quedarse embarazada pronto. Vive inmersa en ese debate y es incapaz de olvidarle; sabe que no le hace bien, pero le gusta encontrarse con él. Vigo es una ciudad pequeña y es consciente de que eso seguirá pasando, pero, cuando se cruza en su cabeza la posibilidad de verle algún día con otra, le dan ganas de hacer las maletas e irse lejos.

Le digo a Julia la verdad, que no he hablado con Sofía y que no tengo ni idea de si Sergio estará esta noche o no, que si tiene alguna preferencia. Me dice que entendería que estuviera y que vería bien también que Sofía no le hubiese invitado, que es su amiga y es normal que haga lo posible por verla bien. Y yo, que ya no sé qué contestar, trato de que piense en otra cosa aunque sea por unos minutos y vuelvo al tema del regalo.

Al final decidimos que el regalo perfecto son unas cremas de cara y un bolso negro, que Sofía utiliza siempre uno que está hecho polvo. Supongo que también tiene que ver en la decisión que todo eso puedo comprarlo sin moverme de esta misma calle. También buscamos por internet un bono para un masaje, porque esta chica se pasa la vida estresada y tiene que pisar un poco el freno —y porque es la opción cómoda para nosotras, sí, también—. Autocuidado para los treinta y dos, que la cifra ya empieza a pesar y toda ayuda es necesaria para llevarlos con dignidad.

Claudia vuelve a la conversación para decir que le parece perfecto y que por qué no avisamos también del regalo a los amigos de Sofía, que quizá están igual, sin nada a estas horas. Sinceramente y sintiéndolo mucho, Claudia, no. Porque decirles a sus amigos si quieren que nos encarguemos del regalo sin que ellos lo hayan pedido me parece ya demasiado. Si aceptan, habría que pensar en comprar más cosas, y bastante nos ha costado apañar esto.

Es verdad que en cumpleaños anteriores hemos gestionado el tema regalo con más margen y hemos hablado con estos chicos para que nos financiasen las cosas caras que nosotras queríamos comprarle a Sofía. Pero este año, que somos un poco cutres, que estamos tan ocupadas y que lo hemos hecho tan mal, pues nos comemos la responsabilidad. Y, si ellos no tienen regalo a estas alturas, pues que se muevan como estamos haciendo nosotras o que se presenten a la fiesta sin él. No es nuestro problema.

3

Ni miedo, ni vergüenza, ni culpa, ni dinero en el banco

Sofía

Las nueve menos cuarto y sigo en mi casa. Llego tarde. Al menos he acabado de trabajar, o no, porque quizá el cliente pide otro cambio y entonces tengo que desmontar las programaciones, pero es algo que ya puede esperar hasta el lunes. Se suben los últimos *reels* y soy libre. Yo no sé en qué momento decidí ser autónoma. Tampoco sé cuándo me pareció buena idea dedicarme a las redes sociales; combinar dos cosas sin horarios, en algún punto de mi vida, fue la opción elegida. ¿Por qué? No consigo recordarlo, pero empiezo a plantearme opositar. Esto no lo llevo bien y no sé cuánto tiempo podré aguantarlo. A cambio, supongo, me puedo permitir vivir sola. En un estudio minúsculo que a la vez tiene que ser mi oficina, sí, pero sola. Ahora mismo, lo único positivo de mi trabajo es la posibilidad de trabajar desde la cama. Es un punto importante, pero no lo suficiente.

Me pongo el conjunto de camisa y pantalón y de repente ya no me veo con él; no me queda bien, parece un pijama... ¿Y esta cara? ¿Qué le ha pasado? ¿Es la misma que tenía antes?

Poso de nuevo ante el espejo y reviso la foto que envié a las niñas por WhatsApp hace apenas unas horas. No sé, no veo dónde están las diferencias, pero ahora no me gusto.

Tampoco tengo tiempo para vaciar de nuevo el armario y volver a probarme la mitad, porque hace cinco minutos que tendría que haber pedido la primera cerveza y, como me van a echar en cara cada segundo que me retrase, decido convencerme de que no estoy tan mal, de que, si esto ahora me parece un pijama, mejor. Más comodidad. Me subo a las sandalias y me veo las uñas de los pies; estos restos de pintauñas tienen que ser, por lo menos, del mes de julio. No tengo tiempo para pintármelas de nuevo, pero reconozco que debería borrar estas marquitas negras, que dan vergüenza. Desmonto medio baño buscando el quitaesmalte, y se va a quedar así.

> Cumpleañera, tardas?
> Nos faltas tú

Irene siendo Irene; siempre hace equilibrios entre el cuidado, la reprimenda y el control. Miento:

> Saliendo de casa

Me falta hacer el bolso y no encuentro el que busco. A menudo me recuerdan que el que utilizo a diario da asco, así que, como hoy no quiero reproches, me esmero en desmontar también media casa hasta que aparece la cartera que llevo a las bodas.

Es curioso lo sencillo que resulta desordenar este apartamento; en cinco minutos he conseguido que parezca que hace meses que no limpio, que no recojo. La verdad es que hace un par de semanas que no paso una fregona, pero hace un rato no se notaba. Ahora está todo tirado por todas partes. Y todo por un quitaesmalte y un bolso de mano. En un espacio tan pequeño, el orden es obligado para convivir con una misma. Me planteo poner las cosas en su sitio antes de cruzar la puerta, pero es que entonces no llego. Mañana me acordaré de este momento y le diré un par de cositas a la Sofía del pasado, pero ahora me voy. He buscado también los condones, otra cosa es que me acuerde de usarlos. Los he metido en el bolso porque, si hoy pillo, desde luego que aquí no sube nadie. Ya puede tener piso el elegido, porque, antes de abrirle esta puerta a alguien, sacrifico el polvo.

Lo de follar con alguien que acabas de conocer en una discoteca es algo que da para una tesis. Aunque, a nivel superficial, podría decirse que la sociedad se divide entre quienes lo hacemos y quienes dicen que no pueden hacerlo, que, si no conocen a la otra persona, les resulta imposible. Después están las personas que hacen una cosa y se posicionan en el discurso contrario, que las hay. También pienso que todo el mundo tiene etapas en su vida en las que está a un lado o al otro de la elección, que no es lo mismo que el discurso. Y que es algo cultural, por supuesto que es algo cultural.

Ahora por fin las cosas están cambiando, pero a mí me han llamado de todo porque me gusta follar. No, realmente, solo por el hecho de haber sido sincera al decirlo. Pero somos animales, no sé. Es una necesidad física, como comer. Un juego divertido en el que dos personas se lo pasan bien un rato; consentimiento y deseo mediante, claro. Siempre. Yo he sido una fresca, una guarra y una puta por decir abiertamente que disfruto de mi sexualidad y que me masturbo a menudo. Esto sucedía sobre todo en los años de universidad; que en quién me estaba convirtiendo, me decían mis amigos. Que parecía un tío.

Sin duda eso era lo que más me molestaba. Fresca, puta, guarra, zorra, perra, buscona, cerda, ligera de cascos, etcétera. La verdad es que me importaba poco. Frígida cuando decía que no a alguno que no me gustaba —porque, claro, si me gustaba follar, tenía que estar dispuesta a acostarme con cualquiera, faltaría más—, también me daba igual. Pero el aplauso de mis amigos al decirme que parecía uno de ellos me hacía sentir de una forma extraña. Me gustaba, pero me incomodaba. No lo decía abiertamente. Yo les contaba mis aventuras y dejaba que ellos las celebrasen, que me diesen una palmadita en la espalda, que me llamasen crac y que me convirtiesen en una diosa mientras me decían que «yo me los follaba», «yo me los reventaba» o que seguro que a ese «lo había convertido en un hombre».

Años después empecé a ser consciente de que lo que me gustaba era que me hiciesen sentir parte de su camaradería y lo que me molestaba es que para eso fuese necesario ser «uno» de ellos…, en masculino. Tardé un tiempo en discutirles por qué todas esas condiciones positivas para los hombres eran un problema en las mujeres. Por qué ellos ganaban puntos al tener relaciones sexuales de una noche con desconocidas y a nosotras eso nos restaba valor de mercado. Por qué a ellos les sumaba encanto la experiencia y a nosotras, en cambio, desconfianza.

Más tarde llegó el feminismo y nos explicó muchas cosas a quienes nos interesó saberlas, y eso cambió un poco el debate. Con ellos y con ellas, porque las niñas me quieren mucho y llevan ahí toda la vida, sí, pero yo sé que Julia y Claudia nunca lo han entendido. Irene, Belén y yo somos, en esto, más parecidas; la única diferencia es que yo cuento las cosas y ellas a veces se las callan, pero también lo hacen. También les gusta. Bueno, yo supongo que gustar les gusta a todas, pero las líneas rojas de ética y moralidad que tienen Julia y Claudia sobre la vida incluyen el sexo sin compromiso. Lo siento por ellas.

Son cosas que nos preocupaban antes, años atrás. Hoy, como personas adultas, juzgamos un poco menos; ahora ya todas y todos hemos tenido experiencias que invalidan casi cualquiera de nuestros argumentos. Pero la culpa no es nuestra. La culpa. Ese es el gran tema. La culpa siempre nos la quedamos nosotras.

Yo pensé que la sociedad avanzaba y que internet nos había abierto al mundo, pero cuando Julia nos presentó a Emilia comprobamos que no. En México, muchas cosas, a nivel cultural y social, siguen como en una España que hace ya mucho tiempo dejamos atrás. Emilia se asustó tanto al escucharnos hablar el primer día que se sumó a nuestras cañas que pensé que no volvía. Es más, que hacía las maletas y regresaba a casa. Pero no, lo cierto es que hasta se acostumbró un poco a la vida europea. Cómo no hacerlo; de hecho, ahora creo que su problema es elegir con qué lado del Atlántico se queda, si la zona en la que se siente en casa o si en el espacio que le permite descubrirse y ser.

Mis amigos han coincidido con ella alguna vez y escucharla hablar los asombra. La morra viene de una familia bien posicionada en un lugar en el que la brecha social es más grande que la propia superficie del país. Allí, y en sus círculos, muchas mujeres todavía guardan su virginidad para la noche de bodas. Allí, muchos hombres salen en busca de sexo ocasional, por supuesto, pero las que acceden a él quedan automáticamente descartadas. Descartadas para el matrimonio, claro, porque esa es la aspiración final de cualquier persona en la veintena. Así, la sociedad se divide entre las mujeres de bien, que se emparejan y tras años de relación pasan por el altar sin haber pasado antes por la cama del que ya es su marido, y las otras, que llevan años pasando por la cama de este último, pero que, precisamente por eso, nunca llegarán a convertirse en su mujer. Sobrepasados los treinta, la cosa se relaja un poco; la urgencia por avanzar formando una familia invita a dejar a un lado la rectitud y a hacer la vista gorda con algunas de esas cosas.

A veces hablo con Emilia sobre el tema y siempre encontramos una nueva línea de debate. Diría que cree en el amor más de lo que yo podré llegar a hacerlo nunca, pero a mí no me cabe en la cabeza. Es artificial; lo es desde el momento en el que buscan un marido. Un hombre de buena familia, con un buen trabajo y una buena cuenta corriente que les permita la boda soñada, la casa, los hijos y la muchacha que se ocupe del servicio doméstico.

Siempre me parece difícil que, con todo esto, Emilia sea capaz de ponerse en nuestro lugar, de aconsejar y, en general, de conversar con nosotras sin juzgarnos. A veces levanta una ceja, pero después solo le da la risa. Esto le gusta.

Me dice que lo único que no es capaz de entender es lo de Hugo, pero las niñas llevan aquí toda la vida y tampoco es que les resulte sencillo; incluso a mí me cuesta explicarlo. En cualquier caso, es agua pasada.

Hugo es uno de mis amigos, uno de esos que lleva conmigo desde siempre. Lo cierto es que es como un hermano, y esto es precisamente lo que hace que a estas les explote la cabeza. Es un buen tío. Está un poco perdido, supongo que igual que yo o que cualquiera de nosotras, pero a veces a él la vida le pesa de más. Estudió Historia del Arte, pero compagina la hostelería con las clases particulares en lo que se decide a opositar.

Hoy Hugo tiene que trabajar; él de los viernes no se libra jamás. Por eso he decidido hacer mi cumpleaños en su local, bueno, en el local en el que trabaja. Si Hugo no puede venir a la fiesta, la fiesta irá a Hugo. Se lo propuse con miedo, porque quizá estar detrás de la barra con todos sus amigos al otro lado no le sentaba bien, pero le pareció una idea estupenda y hasta habló con su jefa para que me hiciese un buen precio.

Trescientos cincuenta euros por dos barriles de cerveza, unas tortillas, unas empanadas y la tarta. Dije que sí primero y después lo pensé. Eso es lo que me paga al mes una de mis cuentas, es casi medio alquiler, es una locura.

Es oficial, llego muy tarde. Me pinto los labios, de rojo, que un día es un día, y elijo una chaqueta sin pensarlo demasiado.

También meto un tampón en el bolso por si acaso es verdad eso de que la regla se contagia, porque voy vestida de *beige*, celebro mi cumpleaños y la impertinencia es la característica principal de mi periodo. Aunque ya estoy en una situación de desesperación en la que cualquier momento me parece bueno para encontrarme una mancha de sangre en las bragas.

> Ahora sí, saliendo de casa
> Perdón! Llego en ocho minutos

4

No dosifiques los placeres.
Si puedes, derróchalos

CLAUDIA

Creo que lo mejor de estar comprometida con alguien es esta especie de botón de reinicio en la relación. Si pienso en la boda, me agobio y noto cómo aumenta la ansiedad; que si en Galicia o en Madrid; que si le cumplo el capricho a la suegra y su hijo se casa con una princesa y un banquete por todo lo alto o si monto el fiestón que a mí me apetece con el vestido más cómodo que encuentre; que si unimos los días libres a las vacaciones de verano y alargamos la luna de miel; que dónde queremos ir de luna de miel; que si quiero involucrarme en todo esto o si paso de todo y delego en una *wedding planner*; que en función de todo lo anterior vamos a tener que aceptar el dinero de nuestras familias... No sé. Ahora mismo todo me da pereza. Me resulta agotador.

Las cosas que tengo claras al respecto son absolutamente contrarias a las que le gustarían a Pablo —y a su madre, sobre todo a su madre—, y yo, que llevo muy mal los conflictos, rehúyo la conversación y pospongo las decisiones. Faltan once meses, malo será.

Cuando consigo dejar la boda a un lado, estoy en una nube. Pensaba que el hecho de pedir matrimonio a alguien no era más que un protocolo para un fin. Un protocolo en el que el nivel de horterada tiene la capacidad de influir en la respuesta de forma inversamente proporcional. Pablo y yo habíamos hablado muchas veces de la posibilidad de casarnos, y yo, durante los últimos meses, lo pasaba mal cada vez que salíamos de Madrid. Le veía capaz de hincar la rodilla en cualquier viaje, en cualquier escapada y en cualquier contexto, incluso rodeados de gente, o, peor, de familia. Le había pedido por favor, muchas veces, que no se atreviese, que no me obligase a ridiculizarle el doble con un no. A él le hacía gracia lo tensa que podía llegar a ponerme el tema y le divertía sacarme de quicio amagando la jugada más o menos una vez por semana; nunca a nadie se le habían desatado tanto los cordones.

Llegó un punto en el que ya no cabía el efecto sorpresa, pero este chico siempre tiene un as bajo la manga. Para bien y para mal, porque yo estaba segura de que la pedida sería en el mes de mayo; estaba convencida de que ese era el motivo de nuestra escapada a la playa de Las Catedrales, en Ribadeo, y no. Resultó que la insistencia por meternos doce horas de coche en un fin de semana y conducir hasta Lugo era, precisamente, por conocer la playa de Las Catedrales. No abrí la boca en todo el viaje de vuelta. Sé que me lo notó y pensé que reaccionaría, que me lo pediría pocos días después. El muy besugo se esperó casi dos meses. Yo estaba muy irritada, a él sin embargo le divertía.

Me lo pidió un domingo por la mañana, cuando desayunábamos en pijama y mientras Alexa reproducía *Hoy puede ser un gran día*, de Serrat. Y vaya si lo fue. Me guardo la magia y la intimidad del momento para siempre. Desde entonces, parece que nos acabamos de conocer; convivimos con una pasión y una urgencia que no recordaba. Si me dicen que comprometerse es volver a sentirse así, yo misma habría hincado la rodilla hace un par de años, cuando todo se tambaleaba. Supongo que, de alguna manera, aquello sirvió para esto. Las relaciones tienen altibajos y, aunque no se trata nunca de aguantar ni de estar por estar, a veces es necesario respetar los tiempos y los momentos de las personas que la componen. Esta es la teoría. La práctica es realmente una agonía, pero por suerte aguantamos y superamos el bache.

Ahora creo que estamos en lo más alto. Esta tarde nos ha llevado ocho horas el trayecto entre Madrid y Vigo, que son menos de seiscientos kilómetros en coche. Hemos necesitado cuatro paradas, porque no fue hasta la que hicimos en A Cañiza cuando pudimos completar nuestro reto personal del día: hacerlo en los baños de un bar de carretera. En esta tontería vivimos y con esta tontería casi no llegamos.

Porque yo he pasado por casa de mi madre, la he saludado, me he cambiado y con la misma he salido por la puerta. Así, sin duchar. Creo que sigo oliendo a sexo. Es el cumpleaños de Sofía y no quiero llegar tarde, así que he dejado a Pablo allí estrechando la relación con la suegra. Él todavía tiene que causar buena impresión a mis amigas, así que puede tomarse el tiempo que necesite, pero que, cuando se una, llegue aseado. También le he dicho que vaya con calma porque necesito este ratito a solas con las niñas. Hace varios meses que no estamos las cinco y, últimamente, la vida va tan rápido que creo que estamos un poco desconectadas.

Nada que no se arregle alrededor de una mesa y con una noche por delante. Pero es necesario que nos paremos a hablar; de hecho, quizá Pablo les sobre un poco este fin de semana. No sé cómo no lo pensé hasta ahora. Supongo que después lo entenderán, pero para mí hoy también es un día importante, y quiero que él forme parte del momento.

Cruzo el Casco Vello apurada y consigo llegar solo diez minutos tarde; aun así soy la primera. Hay cosas que no cambian. Y para esto vengo yo sin darme un agua. Menos mal que este lugar es como estar en casa hasta para mí, que ni siquiera vivo en esta ciudad. La taberna A Mina es un sitio tan especial como acogedor; estas lo descubrieron hace unos años y, desde entonces, aquí hemos hecho trinchera. Es algo parecido a lo que hacían nuestras abuelas en misa hace cincuenta años. Aquí se confiesan los pecados, y las penitencias las otorga Ale, que me ve a lo lejos y sale de la barra para abrazarme como la amiga que es. A veces me pregunto qué hace la gente que no tiene un bar de referencia, de confianza; cómo sobreviven sin una Ale con la que llorar y con la que brindar.

En lo que me pone al día de sus últimas novedades, se suman a la conversación Julia e Irene, y para cuando salimos a buscar nuestra mesa a la terraza ya nos encontramos a Belén señalando la pizarra que la preside: «Reservado: Las niñas celebran a Sofi». Tratar bien a la clientela es necesario para que vuelva, sí, pero estos mimos excesivos son un regalo. A nosotras nos falta tiempo para sentarnos y empezar a cotorrear.

5

Que no se perciba mi fragilidad

JULIA

—Cómo no, falta Sofía. Que sepáis que, por llegar a tiempo, no he pasado ni por la ducha. Pablo se arregla y se nos une después, así tenemos un ratito para nosotras —apunta Claudia.

—¡Qué milagro! A Sofi ya le he escrito, está saliendo de casa. —Irene podría dejar la clínica y fichar por el CNI; todo siempre bajo control.

—Voy con el monotema, no me llaméis pesada, pero ¿alguna le ha preguntado durante la tarde si ha invitado a Sergio? No puedo más con esta incertidumbre.

Es verdad, estoy nerviosa, no me he enterado de nada en las clases de esta tarde y no me saco de la cabeza la posibilidad de verle esta noche, de compartir con él y con mis amigas, como antes, como siempre. Me he saltado la última clase del máster para llegar a tiempo a este ratito con ellas, y Sofía, que es el motivo por el que estamos aquí, llega tarde. Bueno, tarde llegamos todas porque somos incorregibles, pero lo suyo hoy tiene delito.

—No, Ju. No le hemos dicho nada, pero lo que no entiendo es por qué no le has preguntado tú, cariño. —Claudia lo

36

dice con un tono a medio camino entre el miedo y la burla. No me habla como a las demás, bueno, ninguna habla conmigo de manera normal; últimamente me tratan con cuidado, como si con las palabras me pudiesen romper. Sé que no paso por mi mejor momento, pero este maternalismo no ayuda a que me sienta mejor. De hecho, me cabrea.

—Pues ya sé que parece obvio, pero no es tan fácil —le espeto e intento calmarme y explicarme—. Supongo que porque no sé cómo voy a reaccionar si me dice que viene ni qué cara voy a poner si me dice que no viene. Y no quiero que ninguna de mis reacciones le haga sentirse mal o cuestionarse su decisión; ella puede hacer lo que quiera.

—Ya, bueno. No te preocupes, que ahora en cuanto llegue le preguntamos. Creo que lo que te está volviendo loca es precisamente no saber y que, cuando te diga qué ha decidido al respecto, te quitarás un peso de encima sea lo que sea. Ya verás. —Qué fácil es todo siempre para Claudia.

—Supongo que sí —le digo. Pero la cabeza no para.

Ale vuelve a la mesa, pero, lejos de tomarnos nota, nos trae directamente las cervezas. Belén dice que ella no quiere, que se ha tomado un ibuprofeno por sus dolores de regla y que prefiere no mezclar. Pide una Coca-Cola y, antes de que podamos recriminarle su actitud, llega Sofía y nos levantamos a abrazarla.

—Perdón, de verdad. Lo siento. Es que cuando me he visto en el espejo esto ya no me quedaba bien. Después no encontraba el quitaesmalte y el bolso este tampoco aparecía. No es mi mejor día.

—Sofi, ni que vivieses en un palacio. No entiendo cómo puedes perder algo en tu apartamento. Pero, vamos, que ya estás aquí y ¡vamos a celebrar tu cumple! —Irene no perdona; siempre tiene algo que decir, pero lo hace con toda su buena intención. También es ella quien me adelanta por la derecha y me allana el camino—. Por cierto, ¿va a venir Sergio hoy?

En cuánto escucha la pregunta, Sofía se gira hacia mí. Todas nos conocemos lo suficiente como para saber cuándo una está verbalizando lo que piensa otra. Lejos de cuestionar por qué no soy yo quien plantea el tema, me responde directamente a mí, pero sin deshacerse en explicaciones.

—Pues la verdad es que no sabía bien qué hacer con Sergio. Si hoy contaba con él, quizá te ponía en un compromiso, Ju, y no hacerlo podría sentarle mal, porque es amigo. Así que le llamé el lunes, le expliqué la situación y ya sabes cómo es, lo entendió todo perfectamente.

—¿Y? ¿A qué conclusión llegasteis? —pregunto pretendiendo no sonar desesperada.

—Pensamos que lo mejor era que no viniese esta noche. Ya sabes, las cosas con alcohol de por medio pueden complicarse. A cambio, le propuse invitarle a comer y nos vimos el miércoles.

—¿Estás diciendo que fuiste a comer con Sergio el miércoles y nos estamos enterando a golpe de viernes? ¿Qué nos pasa? ¿Por qué en toda la semana no ha habido un audio en el grupo detallando cada segundo de conversación? —Una vez más, Irene sale al rescate y pone en palabras una sensación de malestar que yo todavía estoy tratando de ubicar.

—A ver, porque no sé qué es mejor para Julia. No sé si que estemos hablando de él todo el rato en el grupo de WhatsApp la va a ayudar de alguna manera a estar mejor o solo va a entorpecer la situación. Y, si hubiesen acabado mal o si Sergio le hubiese hecho algo, pues adiós Sergio y no hay más que hablar. Pero las circunstancias son las que son, y Sergio, después de tantos años, también es nuestro amigo. Creo que no pasa absolutamente nada por que le llame un día y vaya a comer con él. No sé.

—No, no pasa nada por que vayas, pero tampoco pasa nada por contarlo, ¿no? —replica Irene.

—No, no pasa nada por contarlo y por eso os lo estoy comentando ahora. Ya sabéis que me consume el día a día y que tampoco estoy las veinticuatro horas pasándoos un parte de lo que hago o dejo de hacer.

Llegar a la celebración de tu cumpleaños tarde y no muy allá de ánimos y que tus amigas, lejos de hacerte una fiesta y brindar por ti, te echen cosas en cara y te ataquen no es el mejor de los recibimientos, lo sé. Todas lo sabemos, porque a la respuesta de Sofi le sigue el silencio. Pero es que no puedo dejar el tema, porque me está comiendo por dentro. Retomo la conversación intentando que no se me escapen las lágrimas y relajo el tono.

—Bueno, ya está. Nos lo estás contando ahora y todo bien. No hay problema. ¿Te puedo preguntar qué tal la comida con él? ¿Cómo le viste?

—Pues está mal, Julia; no va llorando por las esquinas, pero está triste, apagado. No sé si es bueno o es malo que te cuente esto, pero me preguntó por ti, por cómo estabas tú. Yo creo que sigue esperando a que vuelvas. Después dejamos a un lado el tema «vosotros» y tuvimos una conversación normal.

—¿Y qué le dijiste de cómo estaba yo? ¿Dónde fuisteis a comer? ¿Te regaló algo?

—Le dije que estabas más o menos, que no ha sido un buen verano, que sigues en casa de tus padres y que entre tu ánimo, tu trabajo y tu MBA no te vemos mucho el pelo. Y fuimos a comer a La Aldeana, porque él doblaba turno en la farmacia y solo tenía una hora.

—¡Ay, La Aldeana, qué rico! ¡Me acabas de dar una idea para llevar a Pablo el domingo! Dice que la mejor tortilla la hace su madre, pero no ha probado esa. ¿Siguen teniendo las empanadillas? —Definitivamente, Claudia no entiende la importancia de esta conversación.

—Sí, Clau. Empanadillas, ensaladilla, pulpo, croquetas y tortilla. Siguen teniendo de todo —le respondo seca, tajante, y retomo el tema—. Sofía, ¿te regaló algo?

—Pues me trajo un libro de Domingo Villar, *El último barco*. Acertó de pleno, porque es uno de mis autores favoritos, pero, claro, ya lo tengo. Además lo he leído unas cuantas veces. Así que, al final, lo que hicimos fue un intercambio: yo le regalé a él el libro y él me invitó a comer.

—Dudo que se lo lea. Ya sabes que solo bucea entre ensayos y novelas históricas. Es imposible sacarle de ahí. —O no, quizá es posible. De la misma manera que era posible que lo nuestro se acabase.

—Sí, lo sé. Aunque dijo que me llamaría para comentarla, así que si lo hace ya te actualizo. Por cierto, Belén, ¿qué haces bebiendo Coca-Cola? ¡Es mi cumpleaños!

La conversación cambia de tercio, y yo me aíslo mentalmente de la mesa. Sin querer pensar, pienso. Me imagino a Sergio yendo a la librería, describiendo a Sofía y pidiendo recomendaciones. Me cuestiono. ¿Por qué a la librería? ¿Y si ahora resulta que también ha caído y ya pide los libros por Amazon después de leer reseñas en internet? Quizá ya no es la misma persona con la que compartí media vida, quizá ha cambiado. ¿Qué se habría puesto para ir a comer con ella? Me dan ganas de plantear en alto muchísimas preguntas, porque Sofi tal vez tiene algunas respuestas. ¿Se habría afeitado? ¿Cómo llevaba el pelo? ¿Por qué ahora dobla turnos en la farmacia?

Trato de ignorar el neón con las letras de Sergio que se ha instalado en mi cabeza y, como no consigo callar el runrún, decido ahogarlo. Me termino la cerveza y me ofrezco a ir hasta la barra a pedir otra ronda. Al ver la cara que me ponen, dirijo la mirada a sus botellines y veo que todos tienen todavía más de la mitad. Me da igual, yo necesito fundir los plomos. Esta noche voy a beber para olvidar, y eso es una maratón en la que hay que cumplir con un buen tiempo. Ale pasa a nuestro lado, y le sonrío.

—¿Qué? ¿Otra ronda? ¡Sí que estabais secas! —nos pregunta.

—No, solo una cerveza para mí; que sí, hoy vengo con ganas. Y un vasito de agua, porfa. —Levanto la vista mientras lo pido y cruzo la mirada con Irene; me sonríe, porque sabe que esto es el resultado de su insistencia en el tema y porque a ella le gusta notar que le damos la razón.

6

Hablemos para no oírnos.
Bebamos para no vernos

SOFÍA

Espero que estas mujeres sean conscientes de que todo lo que pidan ahora lo pagarán ellas, la verdad.

Mi cumpleaños empezará cuando lleguemos al local de Hugo y estemos todos, y mi presupuesto de esta noche está íntegramente destinado a esa fiesta. Bastante me parece. De hecho, a esto podrían invitarme a mí, que falta me hace. Claudia apura la cerveza y se pide un Aperol; y yo… Yo empiezo a sudar pensando en la cuenta. Como tenemos confianza suficiente para decirnos las cosas a la cara, lo aclaro para evitar malentendidos. Busco un pequeño momento de silencio y les comento, tímidamente, que aquí cada una apoquina lo suyo.

—Claro, no vas a invitar tú a todo. De todas formas, en nada tenemos que irnos, que Pablo ya me ha preguntado si va saliendo de casa y le he dicho que se venga ya y que se pase por aquí. Esto no serán más de veinte o treinta euros, tía, ya ves. Si nos lo estuviésemos tomando en Madrid, sería otra cosa, pero aquí es que los paga cualquiera.

Cualquiera, dice. Claudia maneja unos niveles de economía que siempre consiguen sorprenderme. A veces tengo la sensación de que veinte o treinta euros para ella son como veinte o treinta céntimos para mí, que si me los olvido en un bolso no los echo de menos. No es que yo sea pobre ni que ella sea rica, pero es que entre el blanco y el negro hay una escala muy grande de grises. Todas nos conocemos desde primaria, colegio concertado de un buen barrio de la ciudad, sobradamente accesible para cualquier familia de clase media en los noventa, que éramos, prácticamente, todas.

Después crecimos, explotó la famosa burbuja y la onda expansiva nos dejó a cada una en un punto diferente; a algunas, como a Claudia y a mí, a muchísima distancia. Yo ahora gestiono mi economía desde la precariedad y la incertidumbre de una autónoma, y ella, que encontró trabajo en Madrid y tiene un buen puesto en un bufete, conoció a Pablo. Pablo está forrado, y Claudia gana dinero. A veces, Claudia hace comentarios como este infravalorando veinte o treinta euros, que son mi presupuesto de comidas para una semana, y yo me pregunto qué hice mal. Y, sobre todo, cómo lo cambio. Cómo lo arreglo.

También me molesta que crea que su realidad es la norma. Y la verdad, si tan sobrada va, podría ser más generosa. Me propongo explicarle, de nuevo, los términos de mis finanzas.

—Cualquiera no, Clau. Cualquiera no porque veinte o treinta euros no son una tontería. O sí, claro, supongo que es lo que invertimos en cualquier vestido o en cualquier camiseta, y desde luego que valen e importan mucho menos que este ratito con amigas.

—Pues eso digo, que no es para tanto.

—No, no me estás entendiendo. Ojalá no fuese para tanto para mí. Ojalá me pudiese pedir un Aperol como el tuyo, que puedo, pero no sin pensar en lo que me va a costar. Ojalá disfrutar de las cosas que hago y los momentos como este sin entrar cada dos por tres en la aplicación de mi banco para ver si puede ser una más o si me tengo que ir a casa. No lo entiendes.

—Pues no, Sofi, desde luego que no lo entiendo. Si me dices que estás en paro, que has alquilado un pisazo y que te pasas el día de compras, vale. Pero trabajas más horas de las que tiene el día, tu piso es una caja de zapatos... No sé, tampoco creo que vivas en la indigencia ni que te puedas poner así por veinte o treinta euros desde tu posición.

—¿Mi posición? Te cuento mi posición. Soy autónoma e ingreso entre dos mil y dos mil quinientos euros al mes fijos, más lo que me entre en cosas esporádicas, que siempre araño alguna. Al mes es mucho decir, porque tengo un cliente que acumula ya un trimestre de impagos y porque todo el mundo paga siempre tarde. Y, de ahí, destino seiscientos euros de alquiler por mi caja de zapatos, que podría costar la mitad, pero la dueña decidió pintarlo e ir a IKEA; es un apartamento de menos de cuarenta metros, sí, pero es instagrameable, y que esté cuco pues le permite pedir el doble. Cien euros más por una plaza de garaje tres calles más abajo, porque cambia el barrio y es más barato. Los doscientos cuarenta del *renting* del coche. Pago trescientos dieciocho de cuota de autónomos. Treinta euros más por un gimnasio en el que no cabe más gente y que completa el aforo de las clases antes de que pueda reservarlas. Y le sumas los gastos de luz, agua, comida y las suscripciones a plataformas... Bueno, y la trimestral del IVA, que muchas veces tengo que pagarla adelantando dinero que aún no he cobrado. Y no llego, Claudia. No llego. Que tú vives en pareja y no lo notas tanto, pero aquí queremos ser todas muy independientes emocionalmente hasta que se imponen las finanzas; que la vida entre dos es mucho más barata.

—Visto así, la verdad es que no sé cómo lo haces, ¿te has planteado compartir piso? —apunta Julia.

—Pues quizá no puedes invitarnos hoy a todos a beber y a cenar, Sofi. Y no pasa nada. Dinos por cuánto te sale y dividimos la cuenta. —Irene no lo dice por quedar bien, de verdad quiere ayudar y cree que eso me aliviaría. Ella tampoco va sobrada, pero tiene ahorros.

—Claro, te ayudamos entre todas. —Claudia también lo dice con buena intención, pero desde otra posición; no es que yo lo valore menos, pero no es lo mismo.

—Julia, pues sobrevivo haciendo malabares, pero es lo que toca, quiero vivir sola. El mundo está diseñado para vivir en pareja. Y, chicas, muchas gracias. Ya sé que me lo decís por ayudar, pero no. Yo trabajo para esto. Me hace feliz. Me llena poder invitar una vez al año a mis amigas y a mis amigos a beber y a cenar; no me siento bien si en mi cumpleaños los invitados tienen que poner dinero. El día que no pueda pagarlo, no lo celebraré. Así que no, gracias, pero no. Si veo que se acaba el mes y la cuenta está en cero, pues ya veré si me prostituyo o si vendo algún órgano —digo relajando el tono y tratando de quitar peso a la conversación, que se supone que este ratito era para reírnos juntas y vamos de drama en drama.

—Sofía, no digas eso ni en broma; la prostitución hay que abolirla. Con eso no se juega. —Irene tenía que decir algo, claro. Yo solo quería desengrasar la situación, pero esto acaba de mosquearme; tiene insertado un radar fijo que no perdona una. O pensamos dos veces, o nos espera en la curva con una reprimenda a modo de multa. Y hoy no estoy para estas cosas.

—A ver, Irene, ya está bien, ¿no? Es que no se puede decir nada ya, ni entre amigas. Ya sé que la prostitución hay que abolirla, sí, y tampoco decía en serio lo de vender órganos, por si te lo preguntas. Pero, joder, es que no se puede hablar. Ni de eso ni de nada. Si trabajo como una negra o si es un trabajo de chinos, soy racista. Si comento un cuerpo que es delgado o digo que me siento mal por comerme una hamburguesa, estoy favoreciendo los TCA. Si me río porque me hace gracia un bebé, le puedo estar generando un trauma. Si digo maricón o bollera, también puedo ofender. Si no utilizo lenguaje inclusivo, mal. Si generalizo en masculino, tal y como lo estudiamos en el colegio, mal. Si me limito a los pronombres de toda la vida, fatal también. Si me refiero a que no puedo más diciendo que me pego un tiro, resulta que incito al suicidio. Me dedico a las redes sociales, a comunicar, y es mi día a día. Sé todo lo que está mal, sí, pero estoy hasta el coño a veces. Es que lo que me faltaba es que además de los seguidores de mis clientes me censuren ya mis amigas. Que te den.

—Sofi —cuando quiere rebajar el tono me llama Sofi y cree que ya está todo arreglado—, te lo digo con todo el cariño. Perdón si te sentó mal. Pero es que sí, ya no se pueden decir muchas cosas que antes se decían porque el mundo cambia, la sociedad cambia y el lenguaje cambia con ella. Y menos mal. Si no hubiésemos evolucionado, no estaríamos aquí, cinco amigas tomando algo. Estaríamos en casa cocinando para nuestros maridos, cosiendo, criando a nuestros hijos. No tendríamos en cuenta la salud mental. Yo no podría comprarme ropa de mi talla en las tiendas. Seguiríamos normalizando el acoso, el maltrato en general. A las niñas les pasaría como te pasó a ti, que no podrían jugar al fútbol y no tendrían referentes. No podríamos abortar tranquilas. Y seguiríamos formando parte de un mundo machista. Y eso que dices de «que me den», si te paras a analizarlo, también lleva un componente peyorativo y homófobo; es una expresión caducada. Pero el tiempo pone las cosas en su sitio, y ahora PEC, «por el culo», se utiliza para decir que algo es maravilloso.

—¿Qué acabas de decir? —Claudia interrumpe la disputa con su pregunta, y Julia lo hace con una carcajada desmesurada. Al menos eso la ha hecho reír. Hacía mucho que no veía a Julia reír.

—Sí, Irene, lo sé. Y esto que acabas de hacer tú es «servir coño». Yo lo entiendo, lo respeto, lo comparto, lo aplaudo y lo celebro. Todo. La evolución, los cambios en el lenguaje y el hecho de tener que revisarnos. Pero crecimos en un patriarcado y hay cosas que llevamos dentro que, por mucho que sepamos que están mal, a veces salen. Siento si te molestó. Pero es que con vosotras me permito no pensar antes de hablar.

Respondo a Irene en el mejor tono que puedo, como pidiendo perdón, pero sin llegar a decirlo. Yo sé que tiene razón y también sé que no recrimina las cosas con maldad ni desde una posición de superioridad moral. Solo trata de hacernos mejores. Quiero zanjar el tema, pero esa afirmación de «no podríamos abortar tranquilas» acaba de sentarme como un jarro de agua fría en diciembre. Otra vez esa alarma mental que se esfuerza en recordarme que tengo un asunto pendiente conmigo misma. Me empeño en darle a mi cerebro la orden de posponerlo hasta el lunes con todo tipo de argumentos, como que saberlo durante el fin de semana no me aporta nada. Y cruzo los dedos para que funcione.

7

Esta pena que a veces teño

Belén

Míralas. Están ahí. Presentes. Están disfrutando de este momento. Un reencuentro de amigas después de un gran verano, ¿no? ¿Y a ti qué te pasa? Mírate. ¿Cuánto tiempo hacía que no estabais todas? ¿Por qué no eres capaz de seguir la conversación? ¿Para qué has venido? Tienes que pararlo, Belén. Tienes que ser capaz de participar. Di algo. Tienes que estar alegre. ¿Por qué no estás alegre? ¿Qué es lo que está mal, qué es lo que no te vale ahora? Es que ni siquiera eres capaz de recordar cuánto tiempo llevas así. Haz, al menos, algo para cambiarlo. Vamos, esfuérzate en prestar atención. La boda de Claudia; vuestra primera boda, vuestra primera despedida, ¿no es un motivo para implicarse un poquito? Es imposible que todo te dé igual, es que no puede ser. Sofía no va a volver a celebrar su cumpleaños ni Claudia va a preparar de nuevo una boda solo para que tú participes. ¿No te das cuenta? Mira a Julia, ella sí tiene motivos para estar triste y apagada, y aquí está, mucho más implicada que tú. ¿Qué razones tienes para sentirte así? Búscalas, no las hay. Has comprado un piso, lo has reformado, te has mudado. Tienes trabajo. Tus amigas están aquí. No sé qué más quieres. Qué más necesitas. Vale, con Ángel se ha acabado, sí, pero eso también es positivo. Por fin. A ver si esta vez es de verdad. Te manipulaba, te utilizaba, se aprovechaba de ti cuando le interesaba. Ya está bien de premios y castigos. ¿No ves que su intermitencia estaba ya distorsionando tu realidad? Has hecho bien bloqueándole en todas partes, sí. Claro que se lo merece. ¿Cuántas veces has intentado explicarle con una conversación que las cosas no pueden seguir así? No os entendéis, no hay más vueltas que darle. Queréis cosas diferentes; es insalvable. No, no vas a conseguir que cambie. Y no, no va a valerte de repente su manera de hacer las cosas. Es un bucle infinito, y tienes que salir de ahí, si es que aún puedes. Es más, tienes que contarles a las niñas que está fuera de tu vida, que esta vez sí, que se acabó. Tienes que decirlo en alto para forzarte a hacerlo. Si solo te lo cuentas a ti, te volverás a fallar. Tienes que contárselo a ellas. Dilo. A ver si te creen, también te lo digo, porque llevas meses diciendo que hasta aquí, que se acabó, y después no, después siempre queda recorrido. ¿Qué fue lo último que les contaste? ¿Les has dicho que conoció tu piso nuevo? ¿Les has comentado que le invitaste incluso antes que a ellas? Que esa es otra, Claudia se marcha el domingo de vuelta a Madrid y a este paso se volverá a ir sin conocer tu casa nueva. ¿Por qué no las invitas mañana? Sí, sí, aún faltan cosas en la habitación de invitados y un par de muebles, todavía no has colgado los cuadros y el sofá no es el definitivo, sino que sigue siendo ese que encontraste gratis a cambio de ir a buscarlo. Que sí, menos mal que fue Ángel contigo, porque si no no hubieras podido. No intentes buscarle aspectos positivos a Ángel, porque, si hacemos una lista de todo lo bueno y todo lo malo, para lo primero nos llega un pósit. Y lo de ayudarte a recoger el sofá y trasladarlo a tu casa se va directamente a las primeras posiciones del ranking; eso refleja el esperpento que son las demás. Oye, ya está bien, ¿no? Trata de entrar en la *conversación, di algo. Espabila, ¡por Dios! Es que, entre estar aquí plantada, callada, y haberte quedado en casa, no hay mucha diferencia. ¿No te interesa lo que están contando? Solo has venido para no aguantar las preguntas de «por qué no vienes», ¿no? Porque no eres capaz de decirles que no te apetece el plan, que, de hecho, no te apetece ni este ni ninguno. Mira, estás fatal, sí, pero es que tampoco estás haciendo ningún esfuerzo para estar mejor. ¿Qué te pasa? ¿Y ahora por qué estás tan nerviosa? Porque se van a dar cuenta, ¿no? Es que solo hay que verte; mira que esta tarde comentaron que vendrían arregladas, que iban incluso a pintarse el morro. ¿Y tú qué? ¿Tanto te costaba cambiarte? ¿Tan difícil era elegir un vestido o una blusa un poco mona? No, claro, para qué. Mucho mejor este jersey a rayas que pide domingo de sofá. Es que eres un cuadro. Reacciona, va, vuelve. Sí, desde luego que se van a enterar. Te van a preguntar que qué te pasa, y un «nada» no te va a salvar. Despierta, va, participa un poco.*

8

Y en la garganta un nudo

IRENE

A veces no me gusta la persona en la que me he convertido. Yo admiro mucho a Sofía y, sin embargo, no recuerdo habérselo dicho nunca. Me da la sensación de que ella no se lo imagina, de que lo único que percibe por mi parte son broncas. Y eso no está bien. Tengo que trabajar la asertividad, desde luego. Sucede lo mismo con las demás, no quiero imaginar lo que está pasando ahora mismo por sus cabezas, a veces creo que cuando hablan conmigo lo hacen con miedo, que mis reacciones les dan pavor. A mí, me sucede lo contrario, pensar en que mis amigas son mis amigas me hace sentirme mejor persona de la que creo que soy.

El caso es que en este momento, por mi culpa, se corta la tensión con un cuchillo. Es una molestia soportable, sí, pero incómoda, que irrita; como cuando notas un pelo en la boca. Ahora, si soy yo la que cambia de tema y me pongo a hablar de otra cosa, va a parecer que paso por encima de Sofía. Tiene que ser ella la que vire la conversación, y no lo va a hacer. No lo va a hacer porque ahora mismo lo que tiene dañado es el orgullo.

Es Julia quien le pregunta a Claudia por los preparativos de la boda y comienza a dirigir el diálogo. Yo las observo y, al hacerlo, me reafirmo en la idea de que, en realidad, son bastante parecidas; no en el aspecto físico, pero sí que se nota que están cortadas por el mismo patrón. Quizá son los gestos; tal vez los aprendieron en algún club social de la ciudad, uno de esos clasista, elitista y exclusivo para socios en los que coincidían de pequeñas. Uno de esos lugares familiares para ellas, pero que las demás no hemos pisado jamás ni por equivocación.

Aunque hay diferencias, claro. A Claudia, por ejemplo, le otorga personalidad su melena pelirroja. Le da algo así como un toque exótico que se acaba, exactamente, en las puntas de su cabello; algo que, además, choca directamente con lo clásico que es su estilo vistiendo. Nunca sabes si las prendas que lleva puestas son suyas o si las ha tomado prestadas del armario de su madre. Siempre ha sido así, quizá es que lo comparten. Viste ropa cara, y eso le otorga cierto estilo, pero siempre se nota a simple vista que no es suyo realmente, que el estilo es de la camisa o de los zapatos, pero que no llega a transferirse a quien los viste. No sé si me explico. Ella lo intenta, pero no es natural. Siempre le falla algo por forzarlo en exceso. Eso también lo ha heredado de su madre. Hoy viene arreglada para salir de noche; nada exagerado, correcta. Trae unas sandalias, un vestido negro con un estampado irregular de varios colores y, para combinar, supongo, las uñas pintadas de naranja y los labios pintados de rojo. No hay naranja ni rojo en su vestido.

Julia, sin embargo, es la elegancia personificada. Ella siempre está perfecta, impecable. No es que se limite a llevar ropa de las marcas más caras y reconocibles como Claudia, no. Julia puede ir en chándal, si quiere, que va a estar más elegante que cualquiera de nosotras vestida de boda. Es innato. Lo sabe, le gusta y arriesga. Hoy, por ejemplo, se ha anudado al cuello un pañuelo que, en principio, podría resultar difícil de ver si lo llevase en la mano. En ella resulta hasta bonito. Es

Julia quien luce las prendas, independientemente de si estas son de marca o de mercadillo. Es más, a veces las mezcla.

—Oye, Irene. No te había visto el corte de pelo. La verdad es que estás preciosa. Tendrías que cortártelo siempre así, te queda genial. —Claudia me confirma que aquí hay una conversación sobre la mesa y que, además, cada una de nosotras está rumiando su análisis particular.

—¡Gracias, Claudia! La verdad es que me veo bien, pero es un poco incómodo.

—¿Así, tan corto, te da trabajo?

—Pretendía que no, pero este flequillo es el demonio. Pedí encarecidamente en la peluquería un corte como el de Amélie, pero con un flequillo normal, y ahora, un mes después, casi hubiese preferido uno tan corto como el suyo.

—Bueno, te sienta bien. ¿A que sí, chicas?

Y las niñas dicen que sí, claro. Qué otra cosa van a decir.

—Sofía, venga, que ya está. No pasa nada. ¡Vuelve con nosotras! ¡Que es tu cumple! No te quedes de morros. —Yo estaba evitando decirlo por no meter más el dedo en la llaga, pero está bien que lo haga Julia. A ella no va a decirle nada.

—Sí, sí, todo bien, Ju. No te preocupes. Solo estaba escuchando. Pido la última ronda, ¿vale? Que yo creo que nos da tiempo.

9

Yo no soy agresiva, pero creo que podría partirme la cara por cualquiera de aquí

SOFÍA

Tengo que cambiar de actitud, que hoy es día de fiesta. Vale que quizá podría haberles contado lo de Sergio por el grupo en tiempo y forma, y vale que quizá Claudia solo pretendía quitarme el agobio económico y que Irene no lo ha hecho a propósito tampoco, pero es que me atacan. A veces es verdad que la confianza da asco, y aquí no tenemos filtros; como si, por ser nosotras, no pudiésemos hacernos daño y nuestros comentarios no fuesen a doler. Tengo claro que, si nos hubiésemos conocido hoy, no seríamos amigas. O, al menos, no todas. Congeniaría con Belén y quizá con Julia, pero no soportaríamos el clasismo de Claudia, ni la rectitud de Irene con su vida perfecta y ordenada.

Es Claudia, sin embargo, la que tiene a bien recordarnos por qué estamos las cinco sentadas en esta mesa. Bueno, ya somos seis. Pablo ha llegado y, tan encantador como siempre, ha pedido perdón por interrumpirnos y permiso para unirse a la conversación. Lo cierto es que no le veíamos desde la fiesta que convocaron en verano para anunciarnos su compromiso. Tampoco a Claudia, pero como hablamos a menudo la sensación de distancia se difumina.

Me los imagino a ambos planeando este momento. Claudia nos acaba de pedir que seamos las testigos de su boda. Dice que aún no sabe dónde será ni cómo, pero que lo más importante es tener claro con quién. Y que nos quiere allí, con ella. De primeras en su lista. El discurso era más intenso y elaborado, pero, en resumidas cuentas, ese es el mensaje. Con lo que se ha coronado es con el detalle: nos ha traído un nuevo llavero a cada una. Y con él ha conseguido hasta arrancar alguna lágrima.

La historia del llavero será como la de todos los grupos de amigas con otros objetos concretos. Pero esta es nuestra, por eso es mejor. En una excursión que hicimos en 4.º de la ESO con el colegio, fuimos a Salou para pasar dos días en Port Aventura y una visita exprés a Barcelona. Supongo que fue la primera vez que nos sentimos adultas, mayores. Maravilladas por La Rambla, quisimos llevarnos un recuerdo del momento; nos dejamos timar y nos hicimos con un llavero con la forma de una salamandra en trencadís por un precio tan abusivo que podría haberlo fabricado el mismísmo Gaudí.

Irene lo colocó en sus llaves nada más pagarlo, y las demás, que no las llevábamos encima, nos colocamos la salamandra en la cremallera de la mochila. Han pasado dieciséis años y todas seguimos utilizando ese llavero. Es una tontería, pero es una forma de sentirnos unidas, juntas. No todo el mundo puede sostener en la palma de su mano un lugar al que volver, nosotras sí.

Y es que nos pasamos la vida tratando de pertenecer. Queriendo sentirnos parte de algo. Nos gusta formar equipo, tener un nosotros. La vida es más bonita compartida, brilla más al brindarla y duele menos al encararla con más de un escudo. De A o de B, así desde pequeñitos. Con esta bandera o con esta otra. De esta empresa o de la competencia. Muy libres, muy independientes, pero en el paraguas del grupo. Y en su abrazo, sobre todo en su abrazo.

Hay pertenencias que nos vienen dadas, como la familia. Otras las elegimos día a día, consciente o inconscientemente. De la misma manera, a veces las dejamos atrás y decimos adiós al nosotros.

También somos parte de momentos, de lugares, de circunstancias. Y yo pertenezco a esos sitios a los que voy corriendo a contar una buena noticia. Soy de las personas que me recomponen con una mirada, de esa gente a la que contesto mal y con la que discuto más a menudo. De estas que me acompañan alrededor de una mesa y con las que ahora voy a compartir una nueva aventura, una más.

Es nuestra primera boda, y eso implica que también tenemos por delante una despedida. No quiero pensar ahora en lo imposible que será cuadrar nuestras agendas y ponernos de acuerdo en un destino, la verdad, pero confío en que sepamos estar a la altura.

Que Claudia nos haya entregado un llavero a cada una implica renovar los votos, recordarnos que seguimos, que estamos, que somos. Que esta tribu continúa siendo hogar y que juntas podemos con lo que venga porque nos sostenemos. Supongo que a veces pensamos en el éxito con las miras demasiado altas. Debería recordarme más a menudo que el éxito reside en mi llavero.

Decidimos intercambiar el viejo por el nuevo; este además pinta a caro de verdad, con fundamento. Es una raspa de pescado en tono azul añil, mucho más bonito de lo que suena al describirlo. Ha personalizado cada uno de ellos con nuestros nombres y lleva un abridor de cerveza incorporado. La verdad es que nos representa, no puede ser más nosotras. Saco mi vieja salamandra del manojo de llaves y la pongo sobre la mesa.

—¿Y ahora? ¿Qué hacemos con estos? —Las niñas se apuran a unir las suyas, o lo que queda de ellas; el paso del tiempo no ha sentado bien al mosaico de trencadís.

—¿Y el tuyo, Belén? ¿Ya no nos llevas contigo? —Irene no perdona una, y la incomodidad de Belén es palpable.

—Lo tengo en casa. Todavía no lo había pasado a las llaves del piso nuevo —se excusa con miedo.

—No pasa nada. Allí se puede quedar, que ahora tenemos unos nuevos —Julia la socorre y nos avisa de que llegamos tarde. Ya son las diez.

A Belén le pasa algo. No sé qué es, pero está que no está. No ha abierto la boca, no ha probado la cerveza, ni siquiera se ha arreglado, y no creo que la culpa de todo la tenga la regla. La regla, joder, me reviso la entrepierna y sigue sin haber señales de la mía. Debería contarles a las niñas mi problema. No, no, mi preocupación. Tal vez no sea un problema. Seguro que no es un problema. Será solo un susto y, cuando lo cuente y me quite de encima esta presión, decidirá bajar y recordarme que pienso demasiado y doy importancia a cosas que no la tienen.

El tema es Belén. ¿Qué coño le pasa a Belén? Si se supone que va todo bien. A no ser que sea algo relacionado con el trabajo. Quizá la hayan echado del trabajo… Pero no pueden haberla echado si está de vacaciones, ¿no? La convencieron para que se diese de alta, pero esto de los falsos autónomos, por muy recurrente que sea en estos casos, es una mierda. Si la han despedido, se tendrá que ir sin nada. No, seguro que no es eso. En el trabajo le va bien. Seguro que es Ángel. La culpa de todo siempre es de Ángel. ¿No estaba el tema zanjado? De verdad, es el cuento de nunca acabar. Habrá que hacerle una intervención; que no se me olvide.

Cuando queremos pedir la cuenta, resulta que ya ha pagado Pablo. No sé si es una forma de ganar puntos con nosotras, pero, desde luego, conmigo ahora mismo funciona. Nos despedimos de Ale y ponemos rumbo al local de Hugo.

10

¿Quién va a salvarme a mí de mi cabeza?

BELÉN

Es curioso, ¿no? Es que no lo ven. O lo ven y están pasando. No les importas. No pueden no notar que te pasa algo. Y ni siquiera te preguntan. ¿Aunque crees que realmente quieres que te pregunten? Es que ni un mísero «¿Cómo estás?». Nada. Y solo hace falta verte la cara. Pero no es nuevo, ya lo sabes. Es que están a lo suyo. ¿Son de verdad tus amigas? ¿Estáis aquí, juntas, por algo más que por costumbre? ¿Crees que si dijeses ahora mismo, en alto, que necesitas ayuda, pasaría algo? Ni siquiera les joderías la fiesta. Te has pasado metida en casa todo el mes de vacaciones. Nadie ha insistido cada vez que has dicho que no puedes quedar. Nadie ha ido a tocarte el timbre, a visitarte. Bueno, salvo los repartidores de comida a domicilio. Ellos tienen que suponer que te pasa algo. O no, quizá es normal. Tal vez hay mucha gente que pide comida constantemente. Gente sola. Como tú. En una mesa rodeada de amigas o en un trabajo rodeada de gente, con más de mil seguidores en redes, pero sola. Absolutamente sola. Estás atrapada. Y el lunes empiezas a trabajar de nuevo. ¿Podrás hacerlo? Te vendrá bien ocupar la cabeza. Claro que no te apetece, claro que no tienes fuerzas. Es que ni para eso ni para nada. Tienes treinta y dos años, has conseguido muchas cosas y de esto va el juego, ¿no? De conseguir cosas. ¿Y ahora? ¿Ahora te vas a dejar ir así? Tienes que ponerle freno, Belén. Tienes que ir a terapia. Estás rota, aunque no sepas por dónde. Para eso sirve la terapia, para arreglarte. No puede ser que levantarse de la cama por la mañana suponga un esfuerzo tan grande. Eso cuando te levantas, porque ni siquiera es siempre. ¿No te das vergüenza? Es que, además, mira a Irene, está guapa. Se ha cuidado en verano. Está arreglada. Ese vestido incluso la hace más delgada. ¿Y tú qué? Con las gafas, sin maquillar, con estas pintas... ¿Es que por qué has elegido este jersey de rayas? Sí, sí, oversize, pero es que a ti se te marcan las lorzas... ¿No ves que la comida a domicilio son kilos? Quizá lo que te está pesando en la cabeza también se deba a la grasa, porque madre mía. Es que no es tan difícil. Hace buen tiempo, solo tienes que comer ensaladas. Si te gustan, se preparan en un momento, no engordan... Pero tú no, claro. Mejor gastarse el dinero en que la comida llegue hasta la puerta que en ir al supermercado. Además, es que ni que estuvieras forrada. Vale, sí, no sales y no te lo estás gastando en ocio, pero ya que consigues ahorrarlo deberías invertirlo en terapia. Porque dices que no te lo puedes permitir, pero la verdad es que no quieres. Sé sincera, al menos contigo. ¿Por qué no quieres, Belén? Puedes incluso ir por la Seguridad Social. Quizá la primera cita llegue antes del próximo verano, pero mientras seguro que te dan unas pastillitas para ir aguantando, para estar más tranquila. Es que no hace falta ni una cita de psiquiatría. Esas te las receta ya el médico de cabecera. Tardan un poquito en hacer efecto, pero menos es nada. Además, dicen que los antidepresivos adelgazan, ¿no? Dos por uno. Más contenta y más delgada. Y es fácil. Es que no puede ser. No puede darte todo tan igual. No puede no importarte absolutamente nada. No te pasas el día llorando por las esquinas, no. Solo a *veces, solo un ratito. No, no es exactamente tristeza lo que tienes, pero no por eso es menos grave. ¿Qué te está pasando? Espabila. Tienes que reaccionar. Mira lo del llavero. Es que ni te habías enterado de que no tenías el llavero, joder. ¿Dónde lo has metido? ¿Dónde está? Es que eres capaz de habérselo entregado a la casera con las llaves del piso que alquilabas antes, ¿a que sí? ¿Y ahora qué vas a hacer? Llámala al menos y pregúntale, ¿no? Sí, pregúntale. No, ahora no son horas. Pero mañana. Ahora que hay un llavero nuevo nadie va a volver a preguntar por el viejo, pero no está bien que no sepas dónde está. Pero céntrate. ¿Por qué no te vas a casa? ¿De verdad crees que quieres ir de fiesta? Quieres querer, sí. Ya. Es que no va así. ¿Te acuerdas de cuando eras capaz de disfrutar de todo esto? Salir te hacía ilusión. Ilusión. ¿Cuándo sentiste ilusión por última vez? Tienes que ser capaz de llegar al principio de todo esto. ¿Cuándo perdiste las emociones? ¿Qué fue lo primero ante lo que sentiste apatía? ¿Cómo empezó esta voz?*

11

Que aguanten la revancha, venimos al desquite

SOFÍA

—Belén, ¿estás bien? Te noto un poco rara, no sé. ¿Ha pasado algo? —le digo mientras, aprovechando que lleva la mano en el bolsillo de la chaqueta, meto en medio el brazo, la engancho y la pego a mí.

—Sí, no sé. Supongo que estoy cansada. Es que me ha bajado la regla esta mañana y no sé por qué, pero últimamente me deja hecha polvo. Me he tomado algo, a ver si se me pasa. Es que ahora mismo solo quiero meterme en la cama.

—Bueno, si estás mal y te quieres ir, lo dices y no pasa nada, ¿vale? Pero verás como en un ratito te hace efecto y te veo brindando con todo el mundo como siempre.

—Sí, no sé.

—¿Con Ángel cómo están las cosas? ¿Seguís ahí con ese «que sí, que no» vuestro?

—No, con Ángel está zanjado. Sé que es imposible. Hemos hablado mucho sobre el tema, ya lo sabes. Todo está claro, pero al final, entre que a ver el piso nuevo, que si vemos una película, que si una escapada que es verano y que no sé qué, acabamos como acabamos. Y yo soy imbécil y creo que como nos lo pasamos tan bien podría funcionar. Y él, de vez en cuando, se agobia y me recuerda que todo lo que pasa no significa nada, que siempre ha sido claro conmigo y que nosotros no tenemos una relación. Hace cosa de un mes que me cansé y le mandé a paseo. Estoy cansada de sentirme utilizada y gilipollas.

—Pero ¿estás enamorada de Ángel? Igual es por todo esto que estás un poco desanimada. Es que no has abierto la boca ni con lo de Claudia, no sé.

—No estoy enamorada, Sofi, pero no sé qué pasa que me cuesta salir de ahí. Tengo como un enganche con él. Es difícil.

—Belén, sinceramente, tienes un enganche con él y él contigo, porque dos no follan ni ven películas si uno no quiere, que el que se planta en tu casa es Ángel. Y me parece perfecto que digas que hasta aquí, porque insisto en que te hace daño, pero no sé si seguir siendo amigos es la manera más sencilla de zanjarlo.

Belén vuelve a desconectarse de la conversación. Se queda embobada, como analizando lo que le acabo de decir. Quizá no ha sido la mejor respuesta, porque, ahora que le estoy dando una vuelta, igual entiende lo de Ángel como una oportunidad y se agarra a la esperanza. Y no. Ángel es un capullo que encontró en Belén a alguien que le quiere y por eso le consiente serlo, nada más. Es un niñato al que lo único que le preocupa es salir de fiesta de lunes a domingo si es posible. Pero, claro, es difícil renunciar al sexo de resaca.

Así, agarradas del brazo como dos señoras de paseo, cruzamos la Puerta del Sol. La verdad es que Vigo ha cambiado mucho en los últimos años; hasta no hace tanto, por aquí pasaban los coches. Ahora es un espacio peatonal en el que se instalan terrazas y se organizan conciertos. Y la Navidad. También se instala aquí la dichosa Navidad. El maldito árbol. Hago cuentas mentalmente y calculo que faltan menos de dos meses para que una marea de gente inunde las calles seducida por unas luces tan cutres como horteras. Odio la Navidad desde que Vigo es la capital de la parafernalia.

Es posible que incluso desde antes. No entiendo que la gente sea feliz porque sí, de repente, cuando llega diciembre. No compro esa magia impostada ni esas familias unidas que se despiden el 6 de enero y hasta el próximo 24 de diciembre no tienen nada que comentar. Me molesta que las personas sean amables solo porque es Navidad. La gente que te cruzas por la calle durante el año y no te saluda se detiene a desearte felices fiestas durante esas semanas. No puedo.

Dejando a un lado la Navidad, me gusta esta zona de la ciudad. Irene se ha parado a saludar, porque siempre tiene que saludar a alguien. Siempre. Esto de tener que detenernos por ella podría pasarnos en cualquier lugar del mundo, porque conoce gente en todas partes, pero lo de Vigo es demasiado. Caminar con ella por la calle tratando de llegar rápido a algún lugar es un imposible. Ella sí puede desear felices fiestas, porque saluda todo el año. Es un no parar.

Claudia acude a rescatarla de la conversación, porque Irene por sí sola no es capaz de frenar una charla, sea con quien sea, pero hoy nosotras ya llegamos tarde. Seguimos avanzando por la calle del Príncipe, y las niñas me preguntan, una vez más, que por qué se llama así. Proyecto la voz, elevo el tono y les cuento de nuevo que le pusieron ese nombre en honor al hijo de Isabel II. Nos reímos. Estas bromas internas son los hilos invisibles que nos unen y sostienen nuestra amistad.

Hace unos años, para ganarme un extra, trabajé durante unos meses como guía turístico, hacía *free tours* por Vigo los fines de semana. Pensé que, tras vivir aquí toda la vida, lo de hacer una pequeña ruta con turistas sería algo sencillo, pero resultó que no conocía mi propia ciudad. Tuve que estudiar algunos datos y descubrí, preparándome, un montón de curiosidades. Me pareció una buena idea practicar el recorrido

63

con las niñas antes de tener que hacerlo de manera oficial, pero la cosa derivó en esto, en broma. Ahora no son pocas las veces que, paseando, me piden datos.

—Una foto aquí, ¿no? Por los viejos tiempos. Pablo, porfa, ¿nos la haces? —Irene es la de las fotos. Siempre. Es verdad que en muchos momentos la tachamos de pesada y nos incordia lo de posar para la cámara, pero por su culpa también tenemos nuestra vida documentada en imágenes. Cuando tenemos que hacer regalos sentimentales —como en el puñetero amigo invisible navideño—, recurrimos a sus carpetas compartidas. Todo está siempre perfectamente ordenado allí.

Nos hacemos la foto y comentamos la de horas que pasamos en este lugar durante nuestra adolescencia. La Farola es, precisamente, una farola. Pero es especial, es un monumento que se instaló a mediados del siglo xx para decorar la entrada a la calle del Príncipe, y fue, sin duda, el punto de encuentro más habitual para todos los vigueses de nuestra generación durante aquellos años. «A las cinco en la Farola», siempre.

Justo enfrente se ubicaba la discoteca de moda. Remache era la meca a la que peregrinábamos cuando teníamos catorce o quince años. Íbamos a la sesión *light*, que empezaba a las cinco de la tarde. A las nueve teníamos que estar en casa, pero nos daba tiempo a tomarnos algunos San Francisco y a tontear al ritmo que marcaban nuestras hormonas. Allí empezamos a coquetear con el alcohol; allí nos dimos nuestros primeros morreos.

Hay cierta poesía en hacernos una foto en la Farola tantos años después, el día en el que Claudia nos convierte en testigos de su boda. No sé en qué momento se nos ha escapado el tiempo de esta manera. Teníamos toda la vida por delante, y ahora lo que es recurrente en nuestras conversaciones es recordar el pasado. Supongo que es un signo inequívoco de que estamos envejeciendo. Ese y las resacas. De niña, veía como verdaderos adultos a quienes superaban la treintena. Ahora tengo la sensación de que entiendo incluso menos que entonces; no sé, el mundo me queda grande.

Subimos Urzáiz y bajamos a Churruca por la plaza de Portugal. Churruca es una de las zonas de fiesta de la ciudad. Una de las dos. En Vigo puedes salir por el Arenal o salir por Churruca. Están, una de la otra, a menos de diez minutos caminando; sin embargo, no cabe en el mismo plan la posibilidad de frecuentar ambos ambientes. La gente, los locales, la música y las sensaciones son muy diferentes.

Cuando éramos más jóvenes, frecuentábamos el Arenal; nos gustaban otras canciones, vestíamos otra ropa. Ahora lo pienso y me da pereza. Ahora Churruca nos representa, aquí no necesitamos disfraz.

12

¡Qué falsa invulnerabilidad la felicidad!

IRENE

No sé cuántas cañas salen de los dos barriles de cerveza que ha reservado Sofía, pero seguro que uno de ellos ya está medio ventilado como poco. Al final hemos llegado casi media hora tarde; menos mal que Emilia y los chicos ya se conocen y que Lucía todavía no ha llegado.

La verdad es que han puesto bastante comida sobre la barra, que a mí no terminaba de convencerme lo de celebrar el cumpleaños así. Ni aquí. A ver, que está bien la idea, pero no sé. No seremos más de veinte. Yo creo que el local nos queda grande. No es que sea gigante, pero bueno, si fuésemos el doble, también cabríamos sin problema. La sala Kominsky es una institución en Churruca, y a Sofía le gusta eso de que su cumpleaños se celebre en el sitio de moda. Creo que, además, la dueña de la sala le ha hecho precio; le ha cobrado los barriles de cerveza y este picoteo, pero no alquiler. Seguro que Hugo ha tenido algo que ver. Quizá él tampoco cobra este par de horas detrás de la barra, lo cierto es que es un bendito. Es verdad que solo tenemos esto para nosotros hasta las doce, pero está genial que después se una más gente a animar el cotarro.

No llevo aquí ni cinco minutos y creo que ya he metido la pata. No sé por qué siempre tengo que preguntar de más. A veces me reconozco siendo como mi madre y, de verdad, no me aguanto. El caso es que saludé a Dani y a Leti y me puse a hablar con ellos; Dani está más guapo desde que logró sacar la plaza fija, ser funcionario le sienta bien. Como a todo el mundo, supongo.

Él dice que no sabe si aguantará porque cada vez soporta menos a los niños, pero que definitivamente con lo que no puede es con los padres. No le falta razón cuando pide que se desarrolle una ley al respecto. Salvando esto, le he visto feliz; hasta que la he liado, claro. Leti ha dicho que ya está más que adaptada a la ciudad y que, al contrario de lo que pensaba al principio, Vigo le gusta. Ella es de Ferrol, pero se vino aquí a hacer la residencia de oftalmología y conoció a Dani. Por ahora, se ha quedado y comparten planes de futuro. Se los ve contentos, pero he preguntado que para cuándo la boda y se les han helado las sonrisas. Ella me ha pedido que eso se lo pregunte a él, así que entiendo que pasan por una pequeña crisis hasta que él dé el paso.

También podría darlo ella. Quizá podría sugerírselo, pero necesito más cerveza para llegar a eso, que no tenemos confianza y bastante la he liado ya. Espero no haberles fastidiado la noche.

Lucía llega a la fiesta y se acerca. Lo hace a tiempo para escuchar cómo Manu me felicita porque, dice, me ve más delgada y, así, también más guapa. Ella me lleva a un rincón y me pregunta quién es ese imbécil y qué hacía hablando con él y, después de contarle que los amigos de Sofía están en la fiesta y que este es uno de ellos, le comento que hay un par de solteros.

—Si este idiota es la carta de presentación de la pandilla, creo que no quiero conocer a los demás. ¿Tú estás bien?

Le digo que sí, que estoy entera y acostumbrada a estas cosas, que vengo de vuelta y que lo soluciono con una caña. Me dice que pida dos mientras ella se acerca a felicitar a Sofía.

La verdad es que Lucía y yo somos amigas gracias a la cuarta ola del feminismo, que sacó la palabra «sororidad» del diccionario y la puso encima de la mesa. Encima de la mesa y en las redes sociales.

Lucía y yo nos estábamos enrollando con el mismo tío. Lucía, yo y unas cuantas más. Conocí a Marco en un bar y nos enamoramos. Bueno, y me enamoré. O me enamoró, no lo sé. Después de seis meses muy intensos había cosas raras, momentos en los que él desaparecía del WhatsApp, historias que no cuadraban e intereses forzados en que no fuésemos juntos a ciertos sitios. Por supuesto, nada de compartir en redes sociales algo que tuviese que ver con su persona.

Yo estaba muy pillada, pero las *red flags* eran tantas y tan grandes que ni cerrando los ojos podían ignorarse. A veces regreso a los momentos buenos y me gustaría olvidarlo todo y volver atrás, haberlo dejado estar. Otras estoy más lúcida, recuerdo que hice bien y doy gracias a que Marco me pillase en buen momento, fuerte.

Soy consciente de que me sigue acomplejando mi cuerpo y, sinceramente, no sé si eso podré llegar a eliminarlo del todo algún día. Por ahora, al menos lo controlo. De hecho, si lo pienso, es posible que mi necesidad de control comenzase ahí, con el TCA. Fueron un par de años en la adolescencia, ni siquiera recuerdo cómo empezó, pero cuando me di cuenta estaba atrapada.

Supongo que al hacerme mayor mi cuerpo cambió; simplemente me obsesioné con la idea de que las dietas no funcionaban porque yo fallaba, con que podía hacer más. Se convirtió en una fijación. Vigilar los alimentos, las calorías e incluso cada bocado me daba poder. Yo contra la báscula, midiendo cada gramo. Si comía, perdía el control, y, entonces, llegaba la culpa. Recuerdo que solo pensaba en eso. La comida ocupaba todo mi espacio mental. Odiaba mi cuerpo y terminé incluso desconectándome de él; de él y de todo. Me perdí a mí misma en una batalla interna de la que conseguí salir con mucha ayuda y mucho trabajo. Pero eso siempre va a estar ahí; aunque es un episodio que en mi casa se ha barrido debajo de la alfombra y que siempre he sido incapaz de hablar con mis amigas, está ahí.

Vivo con cierto vértigo y en ocasiones tengo la sensación de que me acerco de nuevo al precipicio; cuando sucede, voy a terapia. Cuando conocí a Marco, él deseaba este cuerpo que a mí nunca me había terminado de convencer. Lo deseaba de verdad. Lo tocaba con ganas, con cariño; sentía placer con él. Tantos años trabajando en ello por mi cuenta sin llegar a conseguirlo y resultó que era así de fácil y así de penoso el asunto. Yo empecé a querer mi cuerpo cuando lo vi a través de los ojos de Marco. Y me gusté, me gusté mucho.

Hacía un par de meses que sabía que había algo, que se me estaban escapando cosas. No las quise ver, no quería que se acabase, pero es verdad que todo empezó a descontrolarse y yo ya no sé vivir sin las riendas bien agarradas, así que tuve que hacerlo. Estaba obligada. Ojo de loca no se equivoca, que diría una que yo me sé, y me puse a investigar. Creo que necesité un par de horas para sacar tres posibles candidatas. Les envié el mismo mensaje a todas. Les dije que era la pareja de Marco desde hacía un par de meses y que me encantaría conocerlas.

Una tal Sandra me dijo que la pareja de Marco era ella, que ni se me ocurriese meterme en su relación, que la dejara en paz. Y me bloqueó. Sin derecho a réplica. Una tal Patricia se hizo el avión, que ella sabía quién era Marco, pero que no eran más que conocidos, que no entendía mi interés en conocernos, que prefería no hacerlo. La tercera era Lucía, y me dijo que pusiera fecha y hora para unas cervezas.

Con el calendario y el historial de WhatsApp en la mano, resultó que, los días que no estaba en mi casa, Marco no estaba en casa de sus padres; estaba en casa de Lucía. Tenían —y conservan— hasta un perro en común. Llevaban dos años juntos. Lucía se había sentado con él un par de veces tratando de hacerle confesar, pero por supuesto fue imposible; se cerraba en banda y le hacía sentir como una loca. Luz de gas.

Nos pusimos de acuerdo. Aquella misma tarde, metimos sus cosas en cajas y decidimos mandarle a paseo. No sabíamos en casa de cuál de las dos tendría pensado dormir esa noche, pero ambas habíamos preparado el mismo discurso.

Marco, avisado seguro por alguna de las otras dos o por ambas, desapareció unas horas del mapa. Le escribió a Lucía deseándole buenas noches e informándole de que no iría a dormir, para tantearla a ella también, y Lucía contestó como si nada. Aquello quería zanjarlo a la cara.

Al final vino primero a mi casa. Lo hizo hecho un energúmeno preguntándome cómo me había atrevido a escribirle a aquellas mujeres, escupiendo bilis. Estaba absolutamente fuera de sí. Me aseguró que no había dormido en toda la noche. Solo gritaba. Que quién era yo para hacerle aquello, que yo no era su novia, que cómo se me ocurría.

Y yo, deshecha en lágrimas, intenté explicarle desde la calma que pude encontrar que aquello no se hacía. Que si éramos novios o no no era importante, que teníamos una relación y que, por ello, dado que compartíamos una intimidad, nos debíamos una lealtad y un respeto que él se había pasado por el forro. Que yo, viendo el panorama, había decidido hacer lo mismo. Que solo quería saber la verdad y que estaba satisfecha con cómo me había comportado, que sentía haberle fallado, pero que era necesario no fallarme a mí.

Le pedí que no me escribiese y que tratase de no frecuentar mis locales habituales, pero no lo entendió. Tuve que bloquearle y girarle la cara muchas veces. Fueron meses complicados, porque le creí de verdad cuando me decía que me quería; porque me quitó, desde el principio, todos mis complejos. Me dio una paz que no conocía y me hizo sentirme inmensamente feliz. Después prendió fuego a todo y lo roció con gasolina. Me costó tiempo y terapia entender su maldad y dejar de culparme. No me merecía aquello.

Lucía me ayudó mucho. Cuanto más la conocía, más la admiraba. Ella es fotógrafa y también hace ilustraciones. Es una tía increíble y, al principio, llegué a pensar que era normal, que qué más podía pedir que ser el plan B de Marco cuando su plan A era alguien así. Una mujer interesante, con su melena y su talla 38.

Ella me convenció de que Marco era muy poco para mí; un narcisista encubierto peligroso, que mejor sola que con alguien como él. Yo le había bloqueado de todo. Soy cabezota y sabía que así es como tenía que ser, pero no lo sentía; quería que volviese prometiendo que no volvería a pasar, pero Lucía me hizo ver que aquello solo iba a hacerme más daño.

Supongo que la recompensa por lo ocurrido es que gané una amiga. Ella comparte aún con Marco la custodia del perro; se lo intercambian cada fin de semana. Poco más que hola, adiós y el reporte del estado de salud de Mufasa, pero Lucía me cuenta que es suficiente verle la cara para darse cuenta de que sigue en las mismas. Que lo suyo es patológico y que lo mejor que podemos seguir haciendo es mantenernos lejos; que no nos salpique. Marco la sigue deseando y, cada vez que puede, se lo hace saber.

Al principio Lucía me lo contaba porque yo se lo pedía, pero saberlo me dolía. Entendía que debía mantener a Marco lejos, pero sentía celos. Yo también quería que él siguiese deseándome. Supongo que eso está mal, pero aún no he logrado que mi cabeza interiorice mis propios argumentos. El tiempo pasó, y ahora Marco me supone ya lo mismo que un profesor que tuvimos en segundo de primaria del que no recuerdo ni el nombre, así que, si sueña con Lucía o con la abuela de Lucía, no me importa. Me da igual. A mí me importa ella, que es la que hoy es mi amiga y lo mejor que me pude llevar de todos esos meses de calvario.

Lucía viene a por su cerveza y me fijo en ella. Hoy está especialmente guapa. A veces la envidio. Siempre tiene como una fuerza interna que la hace brillar. Es magnética, especial. Que me dijese sí a aquel mensaje, que me propusiese aquellas cañas, ya me hizo sospechar que era buena gente, pero eso no era nada comparado con todo lo que descubrí después. Las niñas saben toda esta historia a medias, por vergüenza, pero a Lucía la adoran.

13

Tan rastrero, tan seguro

Julia

No sé si no he bebido suficiente o si es que las penas consiguen flotar, pero el plan de ahogarlas no está resultando como esperaba; la cabeza no para. Emilia se está retrasando, y necesito apoyo. Echo de menos a Sergio. Supongo que es mejor que no esté, porque me arrepentiría mañana de todo lo que me apetece decirle. Pero es que él disfrutaba mucho de estos días con los amigos de Sofi. Se entendían. Que se joda. Que se busque otros amigos; estos son los de mi amiga y, por extensión, los míos. Ya está bien. Es hora de separar las cosas, y esta fiesta me pertenece. Si él siempre se ha sumado hasta ahora ha sido porque era mi pareja y ya está. Y, como ya no lo es, pues no tiene que venir. Eso es, eso es. Ahora me centraré en beber.

—Hugo, ¿te puedo pedir ya una copa?

—Hostia, copas a estas horas. Tú sí que vas fuerte, Julia.

—Manu me produce algo parecido a ternura. Se cree importante y es un mindundi, pero todos le seguimos el juego y dejamos que se lo siga creyendo. El disfraz de camisita, chinos apretados y el calzado de moda hace que se le hinche el pecho, aunque no pase del uno sesenta de estatura. Hugo asiente con la cabeza girada hacia mí mientras tira unas cañas para Claudia y Pablo, que están como quinceañeros haciendo manitas apoyados en la barra. Se creen invisibles.

—Pues cuando puedas ponme un gin-tonic, Hugo, porfa. Hola, Manu, cuánto tiempo, ¿cómo estás? ¡Enhorabuena, por cierto, que me han contado que ya no queda nada para que os cambie la vida! ¿Cómo lo lleváis?

—¡Gracias, tía! La verdad es que sí, en noviembre llega la princesita. Una pasada esto del embarazo y ver las ecografías y todo eso. Maca a veces está un poquito insoportable y con la excusa de las hormonas parece que tiene que tener carta blanca, pero bueno, ahí lo voy llevando, como se puede.

Veo a Manu cada septiembre, en cada cumpleaños de Sofía, desde hace no recuerdo cuánto tiempo, y no me acostumbro. De verdad que hay algo en él que no, que no va. Describirle como un machista es quedarse corta, pero sirve para empezar. No sé cuándo cambió. Supongo que cuando se fue a Madrid, porque tiene una familia muy normal y él de pequeño era un encanto, pero ahora no encaja. Sofía mantiene la invitación por costumbre, por no afrontar en una conversación con él que ya no tienen nada que ver, pero a nosotras cada vez nos cuesta más no ser desagradables con alguien que ya directamente nos cae mal.

—Querría verte a ti embarazado, Manu. A ver quién te aguantaba. ¿Hasta cuándo estáis por aquí?

—Pues nos vamos mañana, que yo a las cinco quiero estar en el Bernabéu; juega el Madrid. La verdad es que estiramos esta noche por esto, por veros, por el cumple de Sofi... Y, bueno, porque unos colegas habían alquilado un barco y he pasado el día en las Cíes. Esto es un paraíso, ¿eh? Qué suerte quienes lo disfrutáis todo el año.

—¡Qué bien! Si se alarga el verano, aunque tengas que trabajar, podéis volver el fin de semana que viene...

—Qué va, qué va, quita. Si con el bombo es un coñazo. No se puede ir en avión, no se puede hacer nada. Además, yo el fin de semana que viene tengo una capea en Madrid; reencuentro con los amigos del colegio mayor. No quiero ni pensar en la que vamos a liar, que me viene ya la resaca por adelantado.

—Pues antes de la resaca del próximo fin de semana piensa en la de mañana y mídete, que también es un horror conducir así y os espera un viaje largo. Y no creo yo que Maca esté para coger el coche.

—Ya estamos. ¿Has hablado con ella o qué? Eso dice siempre, que no está para coger el coche. Pero, vamos a ver, que está embarazada, no manca ni coja. Yo entiendo que con semejante barriga pueda ser incómodo conducir, vivir y todo, pero no sé, no creo que sea para tanto, ¿no? Ya hubo que comprar hace meses un cinturón especial, perfecto, pero ahora ya no hay excusas. Entendería que dijese que conducir hasta allá le da pereza, pero que utilice a mi princesita para zafarse me aburre. Que parece que se va a morir por tener un bombo… Más delicada que la porcelana…

—Bueno, tranquilo. Esas cosas ya las negocias con ella. Pero estar embarazada no es una tontería, y deberías cuidarla porque…

—¿Me vas a explicar a mí cómo tengo o no tengo que cuidar a mi mujer? Que me cuide ella, que yo ya la tengo en palmitas. Quería ser madre, pum, gol a la primera y por la escuadra. Ahora que apande. ¿Y tú cuándo te animas? ¿O es que Sergio no acierta y se le va el balón fuera? ¿Dónde anda, por cierto?

—Sergio y yo ya no estamos juntos, Manu. Y no me apetece mucho hablar de Sergio ahora, así que me vas a perdonar, pero…

—Intento escaquearme, pero me agarra del brazo. Me retiene y yo respiro hondo tratando de contenerme.

—¡Espera, espera, mujer!… No quería yo joderte la noche, lo siento. Me dejas de piedra… ¡Erais de estas parejas que dices… hasta la muerte! ¿Qué ha pasado?

—Joder, te estoy diciendo que no quiero hablar del tema. Ha pasado que lo hemos dejado, que ya no estamos juntos.

—Coño, pero estabais bien. Habría un punto de inflexión: unos cuernos, una pelea gorda o algo para que se…

—No tienes la cabeza tan pequeña como para que te cueste tanto procesar lo que te digo, ¿eh? Se acabó porque quiero ser madre y él aún no lo sabe, y yo quiero ser madre ya, ¿contento? ¿Puedes soltarme el brazo? ¿Me puedo ir?

—Espera, ¿me estás diciendo que has mandado a paseo al hombre de tu vida porque querías un bombo y tenía que ser ya? ¿Que él ni siquiera te lo estaba negando, que solo necesitaba tiempo y que no te valía? Yo de verdad que es que cada día os entiendo menos a las mujeres. La paciencia no está entre vuestras virtudes, te lo tengo que decir. ¿Y ahora qué?

—Pues no lo sé, Manu. No lo sé. Sé que Sergio y yo nos queríamos mucho, pero a medio plazo no queríamos lo mismo. Sé que tengo una edad y que no siempre es tan fácil como meter un gol a la primera. Eso solo lo consigues tú, que eres un campeón. Sé que aún estoy ubicándome en la vida después de una relación tan larga, que estoy hecha mierda. Y no sé si conoceré a alguien que pueda ver como padre de mis hijos o si seré madre soltera. Y ahora quiero beber y bailar, ¿puedo?

Necesito que me suelte el brazo, que me deje acercarme a mis amigas y que el DJ o quien se esté encargando de la música me ponga un temazo de Shakira, porque la otra opción es que le cruce la cara a este imbécil y que se monte aquí un jaleo en medio del cumpleaños. Y Sofía no se lo merece. No sé qué vio la pobre Maca en este tío, de verdad. No entiendo que se enamorase. O sí, quizá solo lo entiendo desde el enamoramiento. Pero pillarse de semejante mamarracho es difícil, ¿no? Quizá ella no es consciente, no ve que la trata mal y que no la valora, no ve que es un machista acomplejado… Es la única explicación. Si no, por qué elegirlo a él como padre de su hija.

Su hija… Pobre niña también; ya es mala suerte que te toque este padre.

—Puedes. Claro que puedes, pero manda cojones… Prisas, exigencias con los tiempos y, si no es todo como quiere la señorita, pues puerta, que ya se embaraza sola… Yo es que no sé dónde vamos a llegar. Es tu vida, claro. Tú sabrás, pero yo no sé qué te costaba esperar por el pobre Sergio, que además tiene pinta de padrazo. Y seguro que, encima, muy feminista y muy independiente para ser madre soltera, pero en contra de los vientres de alquiler, que sois todas iguales…

Bueno. Ya está bien. Yo lo siento por Sofía, pero este se merece un par de sopapos. Porque me he acabado la copa, pero estoy por pagar otra solo para tirársela por encima. ¿En qué momento pinta algo en esta fiesta una persona como él? ¿Hay alguien aquí que agradezca su presencia, que le ría las gracias y le acompañe en los chistes? Tengo que respirar hondo antes de responder… Intento hacerlo con tono amable.

—Manu, una cosita. ¿Dónde está Maca?

—¿Maca? En casa. Dijo que no se encontraba bien, que estaba agotada. No sé de qué, porque hoy tampoco vino en el barco. Ya te dije que todo son excusas, que parece que está enferma en vez de embarazada. En cualquier momento se rompe, ¿por?

—Porque voy a ser desagradable contigo, no me sale otra cosa, y no quiero incomodarla a ella. Ya en casa, si quieres, se lo cuentas. Te voy a decir tres cosas y, después, después me voy a pedir otra copa y a bailar con mis amigas, que es a lo que he venido, que para aguantar a un machista gilipollas me llega con mi jefe. Lo primero, no eres nadie para juzgar lo que hago o dejo de hacer con mi vida, ni cuándo quiero tener hijos, ni cuántos, ni con quién o si yo sola. Procura que, cuando se te pasen por la cabeza esas opiniones de mierda, se queden en pensamientos. Aprende a cerrar la boca, que eres un maleducado.

—Julia, frena, yo creo que no necesitas más copas. Te estás volviendo loca.

—¿Ves como eres un puto maleducado? Estoy hablando yo. Y ahora me vas a dejar terminar, por favor. Igual que yo he escuchado atentamente tu mierda. ¿Por dónde iba? Ah, sí, lo segundo: entiendo que pienses que exagero porque, por lo que acabas de decir, entiendo que no tienes ni idea de lo que es un embarazo. No tienes ni idea de nada. Es crear una vida aun a riesgo de perder la tuya por cualquier complicación. Lo que me lleva a la tercera y última cosa que tengo que decirte: ya te puedes poner las pilas, porque, a poco que Maca abra los ojos, te manda a paseo. Debería darte vergüenza hablar así de tu mujer, de la madre de tu hija. Ojalá que, cuando nazca esa hija, tu orgullo te haya permitido revisarte y reciclarte, porque, contigo como padre, lo que me da esa niña ahora mismo es pena. Hasta luego.

14

Qué bien funcionas como recuerdo

Sofía

No sé si esto ha sido buena idea. Supongo que tengo que decirme que sí, que la realidad siempre depende de cómo te la cuentes y que el relato depende únicamente de mí. Así que vamos a decir que sí, que es un planazo. Que está bien.

Dejemos a un lado que cada uno está un poco a su bola, que me he currado con el DJ un listado de temas increíbles con éxitos de los dos mil y música actual que no están sabiendo valorar, que Julia se está pillando un pedo con el único objetivo de autodestruirse, que Belén está incómoda y no bebe o que no bebe y está incómoda, no sé, pero que se quiere marchar y está aquí contra su voluntad.

Yo no sé si también querría irme a casa. Se supone que tengo que dar las gracias por esto, que toda esta gente está aquí por mí, que tengo muchos amigos. Que están todos dispuestos a celebrarme y a compartir, pero ¿y si es a mí a quien no le apetece? ¿No debería bastar con eso?

En cada pandilla de amigas, cada una tiene su rol. Supongo que Julia acaba de perder el suyo, el de ser ejemplar cumpliendo expectativas. Irene es líder, es orden; es verdad que a veces impone y siempre tenemos que acabar haciendo lo que ella considera, pero también es la que más nos cuida, la que más nos mima. Si alguna menciona que necesita lo que sea, Irene lo consigue, porque sí. Claudia hace tiempo que va a su bola, porque no está aquí, pero ella se encarga siempre de proponer cuando viene. Y, aun en la distancia, es pegamento, porque es la que muchas veces sostiene la conversación en el grupo de WhatsApp. Tendrá su vida hecha y no estará físicamente en el día a día, pero siempre saca un ratito para actualizarnos qué hace, cómo le va; ahora que ha empezado con el pádel, nos pasa hasta la crónica de sus partidos. Belén está en horas bajas, pero siempre ha sido la más fácil, la que nunca pone un pero, la que se adapta a todo con una sonrisa y dispuesta a sumar. No sé qué papel ocupo yo, no tengo claro cuál es mi rol más allá de ser el nexo de unión con estos niños y juntarnos en mi cumpleaños.

Quizá el plan de Julia no está tan mal y emborracharme hoy es la salida. Porque creo que se va a liar. Irene ha venido muy encendida y muy preocupada a pedirme permiso para cantarle las cuarenta a Manu; parece ser que se ha pasado de la raya con Julia. Ella dice que lo deje estar, que ya se ha defendido y le ha dejado las cosas claras, pero Irene pretende dejárselas cristalinas.

No sé en qué momento se ha vuelto tan imbécil. Sus padres no son así. Tuvo que ser en el colegio mayor. Eso o la gente que conoció haciendo Económicas, Empresariales, ADE, Derecho o lo que sea que estudiase en aquella universidad privada. Pero antes era un tío agradable. Ahora, su paternalismo a mí también me supera. En Madrid tiene una pandilla de amigos que son iguales que él, porque me acerqué hace unos años a su fiesta de cumpleaños y lo viví en primera persona. No volví, claro. Y sé que tendría que tener una conversación con él, hablar las cosas y poner encima de la mesa que no va más, que hasta aquí, pero, entre que paso de líos y que no tengo tiempo para esto, un día por otro y aquí está de nuevo. No sé por qué él no se da cuenta de que sobra, si es obvio. Pero nos incomoda a todos. Supongo que esto tampoco debe hacerle sentir bien a él, no creo que se divierta, pero no queda más que dejarlo por imposible porque pretender que cambie a estas alturas es una utopía.

Y yo considero que está bien tener amigos de opiniones diversas, contrarias incluso; el debate enriquece. Pero Manu no tiene este parecer. Él necesita tener razón, quedar por encima, que la única verdad y la única realidad sean las suyas. Y por eso pasa lo que pasa. El mundo no va de tener razón. Y no soy nadie para juzgar cómo trata a Maca, pero pobre Maca. No sé cómo le aguanta o hasta qué punto es consciente de cómo podría ser tener al lado a otra persona. No lo entiendo, porque Maca no es tonta, para nada. Pero, claro, el amor… Ya se sabe.

De hecho, debería escribirle a Maca. Aunque no haya venido, sé que esta cazadora que me han regalado los niños lleva su nombre. Seguro que mientras el otro estaba en las islas Cíes, en el barco con sus coleguitas, a ella le tocó acercarse a Zara. La verdad es que menos mal que le tocó a ella, porque la cazadora es preciosa.

Las niñas me han comprado unos potingues, me han renovado el bolso negro que Irene tanto odia y me han dado también un bono para un masaje. Para que me relaje, dicen. Traducción: nos pilló el toro y fuimos a lo fácil. Que somos amigas desde hace mucho y las conozco, soy una de ellas. También me han dicho que, si no me apetece el masaje, en el mismo local puedo canjear el bono por más cremas, que no me vienen mal.

Se han escudado en que lo dicen porque treinta y dos es una cifra que ya requiere un cuidado, pero no. Lo han dicho porque me han visto más arrugas últimamente, supongo. Yo también he visto que mi piel no es la de antes y que en mi melena asoman canas, pero no sabría decir cuándo ha pasado. Un día me miré en el espejo y estaba todo ahí, de repente. Desde entonces, va a más. Eso y los pelos negros que me crecen ahora en el mentón. No entiendo por qué me ocurre a estas alturas, con el láser ya hecho y pagado. A ver, que tampoco es como para láser; son cuatro pelos que me saco con las pinzas, pero que se turnan para salir, así que ahora siempre tengo que estar pendiente. Y esto es algo que no sabía que pasaba.

Venga, me da igual todo. Ya está bien. Que es mi fiesta. Además el local ya se está llenando de gente y hay que darse una vuelta a ver qué me encuentro. Le pediré a Hugo un gin-tonic cargadito, se acabó la cerveza.

—Amigo, ¿me haces una copa de las mías?

—Claro, ¿cómo va tu gran noche? No te lo he dicho aún, pero hoy estás guapa.

—Gracias, señorito. Tú estás muy bien también con esa camiseta.

—Siempre dices que es tu favorita, por eso me la he puesto. —Y me guiña un ojo de una forma que no sé interpretar.

Hugo fue el primer chico con el que me besé. Fue una noche de San Juan, el verano previo a empezar bachillerato. Han pasado… no sé. ¿Diecisiete años? Qué más da, muchos. Desde entonces, hasta hace un par de años y de forma esporádica, han pasado cosas. Nunca hemos tenido una relación. Nunca nos hemos enamorado. Siempre nos hemos querido mucho y quizá alguna vez nos hayamos gustado un poco. No tiene importancia y nunca la ha tenido. Nadie lo entiende, y todo el mundo tenía siempre mucho interés en preguntar cómo y, sobre todo, por qué. Pero nunca hemos tenido una respuesta. Tampoco lo hemos ocultado jamás. Pensándolo, creo que es que ni siquiera nos hemos parado a hablarlo, a comentarlo entre nosotros. A veces sucedía y ya está. Después lo dejábamos pasar. Pasó incluso una vez mientras yo tenía pareja, aunque esa sí que nos la callamos por respeto. Después Hugo se enamoró y, sin necesidad de verbalizarlo, ambos dimos nuestra tontería por terminada. Ahora está soltero de nuevo e, insisto, me acaba de guiñar un ojo. Y yo estoy bien así, con el asunto cerrado. Así que mejor me voy a bailar, no vaya a ser…

15

Me da miedo la enormidad, donde nadie oye mi voz

BELÉN

Por qué. Por qué. ¿Por qué estás haciendo esto? ¿Qué necesidad tienes? ¿Para qué te expones así? ¿Qué pintas en esta fiesta? ¿Estás para fiestas ahora mismo, tú crees? Pero si ni siquiera te apetece hablar con nadie. Tenías que haber aprovechado el camino hasta aquí para haberte despedido, pero no. Eres incapaz de tomar decisiones. No puedes dejarte llevar eternamente, ¿no lo ves? Es que qué vas a hacer... ¿Emborracharte? Para que te dé la llorera, para enfadarte con la primera persona que te diga que no te ve bien... ¿O para qué exactamente? Sí, es posible que si empiezas a beber dejes de escucharme. Quizá puedas callarme un rato, no lo sé, no puedo asegurarlo; tal vez el alcohol solo ayude a que me escuches mejor, con más claridad. Sí, claro. No beber siempre es una opción. Y hay una tercera poco contemplada que es la de beber y no emborracharse, pero eso exige un control que no te veo capaz de asumir, la verdad. ¿Y la gente? ¿Qué va a decir la gente? Nadie se fía de una persona que no bebe en una fiesta; cuando alguien no bebe, siempre es porque tiene algo que ocultar. Como tú, sí, como tú.

¿Te parece poco que ocultar este desasosiego vital? Pero haz lo que quieras, si, total, nadie se va a dar cuenta. Nadie te mira, Belén. De hecho hay gente aquí que evita saludarte. No les culpes, tú has hecho lo mismo con ellos. Además, entiéndelo. ¿Quién querría saludarte?, ¿qué te van a decir? ¿Que cómo estás? Es evidente que mal. ¿Que estás guapa? Es evidente que no. Como mucho hablarte del piso... O, bueno, quizá te preguntan por Ángel. El año pasado te acompañó a esta fiesta. ¿Te acuerdas de cómo flipó todo el mundo al verte con algo parecido a un novio? No les extrañará que ya no esté este año. Aunque acuérdate. Haz un poco de memoria... No vino al anterior cumpleaños para estar contigo, ni siquiera para conocer a tus amigos, vino a vigilar, a marcarte a ti, a delimitar su territorio, a dejarte claro que te estaba viendo, a ver cómo te comportabas... ¿Te acuerdas de qué preguntó? Que no se terminaba de creer que con Dani solo hubiesen sido unos besos en la adolescencia, decía, que quería verte con él... Y, al final, los presentas para que se quede tranquilo y él, lejos de decir que era tu pareja, le saludó diciendo que erais solo amigos. Solo amigos. Es que date cuenta. Se avergonzaba de ti. ¿Quién querría estar contigo? No, eh, ni se te ocurra ponerte a llorar ahora. Frena. No es momento ni lugar. Si quieres llorar, te vas a casa. Si estás aquí, te integras. Venga. Puedes pedir tónica en vaso grande, que parezca una copa. O una cerveza sin alcohol y echarla en una copa. Nadie va a fijarse en ti, así que nadie se dará cuenta. Ay, Belén. De verdad, por favor... ¿Por qué has hecho esto? ¿Te parece una solución? ¿Qué tienes, doce años de repente? Encerrarte en el baño no va a hacer que me calle. Además, solo hay un aseo. No tardarán mucho en llamar a la puerta. Es que mira que eres tonta. Para estar así, vete. Busca a Sofía, dile que no te encuentras bien y adiós, a casa. Además, no es mentira. Además, no le va a importar. Es más, si te marchas de repente, nadie va a enterarse. Nadie va a echarte en falta. Haz la prueba, va. Vete a casa y espera a ver quién de *las niñas te envía un mensaje, a ver si alguna te llama. Desaparece. No, no es buena idea desbloquear a Ángel. O sea, ¿no eres capaz de hacer nada, pero sí eres capaz de desbloquearle a él? Vale, sí, venga, solo en WhatsApp. Ya ha estado bloqueado una semana. No va a escribirte. Tiene que haber entendido que no quieres hablar. Que vea que no estás enfadada, que simplemente necesitas parar este bucle infinito, que no te hace bien. Es que, además, estando aquí te lo puedes encontrar en cualquier momento. ¿Has pensado en eso?, ¿qué pasa si te lo encuentras y te dice a la cara que cómo se te ocurre bloquearle? Bueno, ¿qué pasa si te lo encuentras, simplemente? Es que no sé qué haces aquí, no tiene sentido. Belén, vete a casa.*

16

Me crucé con tus amigas.
No me soportan

Irene

Belén se ha ido. No sé en qué momento. Estaba pendiente de ella, pero se me ha escapado. He ido a ver si estaba en el baño o en la puerta tomando un poco el aire, pero se ha esfumado. Le he preguntado a todo el mundo y nadie sabe dónde está. No la he visto beber demasiado, así que supongo que se ha cansado de estar en un sitio en el que no le apetece estar y simplemente se ha ido. Pero a Belén últimamente es que no le apetece estar en ningún lugar. El problema no es este local.

Ahora que la sala ya ha abierto las puertas al público y que esto ha comenzado a llenarse de gente, diría que hace un momento me ha parecido ver a Ángel. Me dio la sensación de que se daba la vuelta al vernos por aquí, pero quizá simplemente coincidió. Espero que Belén no haya decidido marcharse por él y, especialmente, espero que no haya decidido marcharse con él. Yo no tengo claro si todo lo que le está pasando tiene que ver con este chico, porque, por lo que nos ha contado, tampoco ha sido cosa sencilla lo de gestionar la reforma y todo ha coincidido con la muerte de su abuela. Pero, sea lo que sea, estoy muy segura de que él no le trae nada bueno.

A mí me agobia no saber qué hacer con ella. Es inútil decirle a una amiga enamorada que ahí no es. Y Belén lo niega, pero está pillada. Además, ya sabe que ahí no es. No necesita que nosotras insistamos en ello. Es una sensación de impotencia tremenda, porque ayudarla es imposible. No sirve de nada tender la mano a alguien que agarra una cuerda a punto de romperse, convencida de que será capaz de arreglarla con un nudo.

Esto le está pasando por buena. Belén no sabe poner límites, es todo predisposición, en general, en la vida. No iba a ser esta la excepción. Pero, precisamente por eso, no es justo que Ángel se aproveche. A mí lo que me nace es ir a buscarle, ahora que sé que está por aquí, y decirle un par de cosas. Sé que ella se enteraría y que entonces la mala sería yo; creo que no serviría de nada y sé que no me compensa, pero sigo dándole vueltas a maneras de borrar a este chico del mapa. El reciclaje sentimental es necesario, y sin payaso se acaba el circo.

En muchas cosas, a veces me recuerda a lo que me pasó con Marco. Desde fuera todo resulta siempre más obvio, claro, más sencillo. Esto quizá es incluso más grave, o menos, no lo sé, porque Ángel va de cara. Es un capullo y no lo esconde. Lo que no entiendo es cómo puede funcionarle. Se me escapa. Y la de cosas que no sabremos, porque estoy segura de que Belén calla mucho más de lo que cuenta. Todo está mal cuando sientes vergüenza al pensar en compartirlo con tus amigas. Todo está peor cuando ellas, nosotras en este caso, no podemos hacer nada por sacarla de ahí.

A la que también habría que sacar de aquí es a Julia, que se ha bebido hasta su timidez y está haciendo que todo el local alce la copa por la cumpleañera. No sé para qué, si Sofía ahora mismo ni siquiera está aquí. La he visto salir hace un rato con Manu, a ver si, con un poco de suerte y un poco de la verborrea de la que le da a Sofi cuando bebe, le explica que no pinta nada y le pide que aprenda a cerrar la boca.

Claudia no me preocupa; ella es la que tendría que preocuparse del espectáculo que está dando con Pablo. Qué vergüenza. O qué envidia, no lo tengo claro. No seré yo quien diga nada. No opino sobre una amiga si no me lo ha pedido. No le doy mi opinión a ella, vaya, porque si no la ha pedido será que no la necesita. Si es a mí a quien me urge comentarla, ya lo haré con las demás.

Me acerco a la barra a por una copa, y Hugo me pregunta si está todo controlado, si estoy bien. Se ríe y me dice que lleva un rato observándome observar a las demás. Yo le sigo la broma, pero lo cierto es que no me hace gracia. ¿Así es como me ve? ¿Como a una pesada controladora? No me gusta, la verdad. No creo que sea para tanto.

Veo a la morra entrar al baño y me acerco a echarle un ojo a Julia, que se ha quedado sola, aunque poco le importe. Lleva horas trabajando en desconectarse, en apagar la cabeza, en perder el control. Supongo que todos necesitamos hacerlo alguna vez. No sé si este es el mejor contexto, pero son las circunstancias las que nos eligen a nosotras y no al revés.

17

En el último trago nos vamos

JULIA

Belén se ha ido y no está bien. Bomba de humo de manual, y a nadie le ha extrañado, pero algo le pasa. Todo el mundo está preocupado por mí: pobre Julia; Julia, la pobre, y Julia, pobriña... Pero aquí hay para todas. Ya me he bebido hasta la vergüenza, así que propongo un brindis por Belén y otro por Sofía, por cumpleañera. La gente del local no conoce a Belén ni a Sofía, porque ahora solo somos una pequeña minoría, pero todo el mundo se implica y alza la copa conmigo.

La copa que no sé qué número es, pero que desde luego tengo claro que yo no pedí. No es mía, porque yo jamás bebo con naranja y este vaso tiene un líquido naranja que baja muy bien. Le pregunto a Irene a qué le sabe y me dice que la deje, que quizá tiene droga. Pues que la tenga. Si te drogas sin saberlo no cuenta. No puede estar mal visto. A Irene no le vale como respuesta y ahora me vigila, a un par de metros de distancia, en segundo plano, para que no se note, pero es descarado. La saludo con la mano de vez en cuando antes de dar un trago más a la copa. Supongo que estoy sacándola de quicio.

—¿Por qué no te diviertes tú tambiééééééén, Ireneee?

—Ya me estoy divirtiendo, Ju.

—No, no, toma. Bebe. Diviértete más. Baila más. Canta más. Tú me dejaste caeeerrr... ¡Este es un temazo!

—Sí, tú sí que estás que te caes.

De la risa me sale el líquido naranja por la nariz, e Irene se desespera. Le pide a la morra que intervenga, porque ella no puede, y Emilia consigue convencerme. Su táctica no falla, y yo hace un rato que estoy aquí por estar.

—Órale, chava, ¿qué onda si nos vamos a mi apartamento a platicar y a tomarle las últimas mientras preparo unos taquitos?

—Ay, por el estómago. Esa no la vi venir. Pero seguimos bebiendo, ¿no?

—Que sí, *wey*, que seguimos la peda, pero en casa. Más tranquilas. Ya pisteaste todo por hoy.

Creen que no las he visto, pero Sofía e Irene le dan las gracias a Emilia por sacarme de allí. Busco a Claudia en lo que caminamos hacia la puerta, porque ella sí que quizá siente vergüenza ajena y lo pasa mal si alguien la relaciona con una persona que pierde la compostura y se suelta un poco la melena, pero no la encuentro. Doy con ella casi llegando a la puerta. La pillo saliendo del baño con Pablo; lleva la palabra «culpa» tatuada en la frente y agacha la cabeza al saludarme. Toma perder las formas.

Llegamos a casa de Emilia y me ofrece una cerveza, pero ahora no quiero reducir. La botella de tequila grita mi nombre desde la estantería, y la morra cede y sube la apuesta; me enseña una botella de mezcal. Sonrío y asiento mientras intento mantener los ojos abiertos con todas mis fuerzas.

—La neta, Julia. A poco hoy acabas con las existencias de todo lo que tenga. Ponte cómoda, que te quedas a dormir. No pienso cargarte después a casa de tu mamá y no me fío de que puedas alcanzar el portal yendo sola. Voy a sacarme el brasier y te traigo una pijama...

Se pierde por el pasillo, y le grito que me acerque un cargador. Desmontar tu relación y tu vida a los treinta y dos años y volver a casa de tus padres implica un regreso a la adolescencia. No es que vuelva a tener hora de llegada, pero, si no voy a dormir, tengo que avisar. Le enviaré un mensaje a mi madre diciendo que duermo en casa de una amiga. No, le diré que vamos a alargar el cumple de Sofi en su casa y que me quedo allí. Conoce a Sofía desde que somos pequeñas y no hará más preguntas. No es que nunca le haya hablado de Emilia, pero igualmente va a preguntarme que esa quién es y que de qué la conozco, otra vez, y no estoy ahora mismo para explicaciones; y menos a mi madre. Ella solo recuerda a las niñas, y aun así, a veces les intercambia caras y nombres.

Emilia regresa con cargador, pijama y toallitas desmaquillantes. Se acerca al grifo y me sirve un vaso de agua. Antes de que me dé tiempo a protestar, también pone encima de la mesa la botella de mezcal 400 Conejos; rebusca un bote en concreto de sal y toma una naranja del frutero.

—¿Esto no es con limón, como el tequila?

—No, el tequila es más seco, más ácido y combina con limón. Esto es como más ahumadito, más dulce y le va mejor con naranja. Está fuerte igual, ¿eh? Podemos alternarlo con cheves si quieres.

—Sí, hoy todo, de verdad te lo digo. Es que no puedo más con esta vida, Emilia, no puedo. Pensé que todo había reventado ya y que solo quedaba reconstruir, pero es que no se termina nunca la onda expansiva.

—Amiga, deja de toturarte. Yaaa. *Please. Stop.* Detente. Ya valió. Suficiente. Sé que es difícil y duro que tu vida cambie así, pero, de verdad, la neta, te juro que te admiro mucho. No manches. Has sido muy valiente decidiendo por ti, poniéndote delante. Creo que es todo a lo que yo aspiro. No puede ser que no estés orgullosa de ti.

—¿Cómo voy a estar orgullosa de tirar mi vida por la borda, morra? ¿No ves que no? ¿Que no puedo con estar así?

—Claro que puedes; obvio que sí. Lo difícil era hacerlo. Estabas convencida y lo hiciste. Ahora nada más toca esperar que la herida cicatrice. Y aquí podemos brindar hasta que eso pase, no hay pedo. Échale ganas, que ya pasó lo peor. Yo de verdad que quisiera ser como tú.

—Siempre me dices así, que qué valiente y que ojalá tú. Y, con el permiso que me otorgan la borrachera y el mezcal, te tengo que preguntar qué pasa, Emilia. Tú tienes a Jorge en México esperándote hasta que acabe el máster y vuelvas para allá, para casaros como siempre soñaste, para tener hijos, para formar tu familia… Tu plan de vida es perfecto y funciona, y no sé qué te pasa para envidiar uno que se ha ido a la mierda.

—Chinga tu madre, Julia. Solo intento animarte, *wey*.

—No, amiga. Hay algo más. Así que vamos a jugar a un juego: una verdad por cada traguito de mezcal. Y vamos a brindar en cada una de ellas. Y, para que veas que voy en serio, ahí va la mía: echo de menos a Sergio, sí, pero también tengo ganas de acostarme con otros tíos. Llevo toda la vida con él. Me da miedo haberme perdido muchas cosas; a veces envidio la vida sexual de mis amigas. Chinchín —digo mientras levanto el vaso de chupito y preparo en la otra mano una rodaja de naranja.

—*Okey, okey*. Ahí te va. Sí, es cierto que Jorge espera allá a que acabe mi maestría y que cuando regrese nos casaremos y tendremos una gran boda y formaremos una familia. Pero, la verdad, yo no quiero eso. Ya está. Ya lo he dicho. Yo también quiero mandarlo todo a la chingada y disfrutar. Vivir como yo quiera. Fin, ya lo he dicho. Chinchín.

—Así que era eso. Chinchín, amiga. Brindemos por tu verdad. Pero ahora explícate: cómo, por qué, cuándo, qué ha pasado.

—No, es tu juego de verdades y mezcales. No estamos en preguntas y respuestas. Es tu turno, cuéntame tu verdad.

—Quiero tener un bebé yo sola y no sé cómo decírselo a mis padres. No lo van a entender. No entienden tampoco que haya dejado a Sergio. No entienden nada. No quiero seguir viviendo con ellos. Me quiero ir de la ciudad. Pero, si quiero ser madre sola, necesitaré ayuda. Y esa ayuda es mi casa. Chinchín.

—No manches, Julia. Una verdad por brindis. Ahí van como cuatro.

—Pues compénsamelas, va.

—Quiero una vida europea, quiero conocer a un chico una noche y acostarme con él. Sin que eso implique que yo valga menos ni que por eso tengamos que ser pareja. Quiero tener un trabajo y ser independiente, no una mantenida. No quiero la vida que están construyendo mis amigas. Chinchín…

Hace un año que nos conocimos, porque éramos las más pequeñas del MBA y nos sentamos juntas. Después del segundo día de clase, fuimos a tomar algo. En su segundo fin de semana, la llevé a cenar con las niñas. Desde entonces es casi una más. Pero a veces no conocemos realmente a las personas que forman parte de nuestro día a día. A veces necesitamos unas copas o un mezcal. A veces las verdades se atascan, y tiene que venir un estúpido juego de chupitos a ponerlas sobre la mesa.

La morra me cuenta que Jorge vendrá en un par de meses, por Navidad. Que tiene, que necesita, acabar con esa relación. Que ya le ha puesto los cuernos un par de veces desde que ha llegado a España, un par de besos, nada grave, pero que ya no quiere sentir más culpa. Que no le quiere, no como marido, no ahora, no con todo lo que implica, y no quiere tener que regresar a México. Que, si hace todo eso, tal vez no pueda regresar nunca, porque los primeros en darle la espalda serían los de su propia familia. Que está acostumbrada a vivir bien, a tener dinero, a viajar, a comer rico, a comprar ropa. Que, si desde allá le cierran el grifo, quizá no pueda ni terminar el MBA. Que tendría que empezar de cero y que no está preparada. Que su vida no son sus fotos de Instagram, que apenas duerme por la ansiedad y que nos envidia a nosotras, con nuestras quejas y nuestros dramas. Nos envidia a todas.

Se acaba la botella de mezcal después de un sinfín de verdades, pero hemos llorado tanto que hemos evaporado el alcohol por el lagrimal. Conozco a Emilia desde hace un año. Creo que somos amigas desde hoy. Compartir tiempo forja amistades, pero cuando salen las verdades y las penurias personales nacen hermandades. La morra está en mi equipo y no la voy a dejar caer, pero tampoco sé decir cómo vamos a sostener semejante marrón. Me voy a dormir sin acordarme de Sergio por primera vez en meses. Me voy a dormir abrazada a la morra, que acaba de vomitar meses de silencio y el corte de digestión durará hasta mañana. Hemos decidido no poner una alarma, faltaremos a clase. Sé que aun así me despertaré temprano, pero no pienso moverme de aquí. No quiero que amanezca sola.

Sábado

18

Como el dolor de las flores que duermen con el huracán

BELÉN

Las siete de la mañana, claro. Qué esperabas, ¿dormir a pierna suelta? No, sabes que eso ya no pasa. ¿Ves qué fácil era hacer una bomba de humo? Ni rastro de llamadas ni un solo mensaje en el grupo que haga referencia a ti. Todas avisando al llegar a casa. Todas menos tú y menos Sofía. ¿Por quién pregunta Irene? Por Sofía. Ella le preocupa. Tú no, ¿no lo ves? Tú desapareciste a la media hora de llegar y a nadie le importa si te marchaste a casa sola o si te pasó algo por el camino o por qué no dijiste nada... Tampoco me extraña. La culpa es tuya, que últimamente eres transparente hasta en WhatsApp. Hablas lo justo, solo respondes si te interpelan directamente... ¿Qué esperas, que te echen de menos? Pues no, claro. Al que le faltó tiempo para escribirte es a Ángel, ¿eh? Ni hola, ni cómo estás, ni por qué me has tenido bloqueado... Nada, para qué. Un «dónde estás» a las cinco de la mañana y un «contéstame» a las cinco y media. Claro, vería a las niñas de fiesta y daría por hecho la cama caliente. Se va a enfadar, pero no vas a contestar. No vuelvas a abrir la caja de Pandora, por favor. Quizá esta vez entienda que se acabó. Y para ti también se acabó esto de pasarse el día en la cama. Ya está bien. No puede ser que te quedes en casa tu último sábado de vacaciones, no. Ya cubriste el cupo con los anteriores. Trata de hacer algo, propón un plan con las niñas. Ya, qué vas a proponer tú. Podrías aprovechar y actualizar tu currículum; lo necesitarás para buscar un nuevo trabajo. Ya, ya lo harás. Te recuerdo que odias ser comercial de seguros y que el lunes tienes que volver a la oficina. Te recuerdo que odias ser autónoma y que no tiene pinta de que vaya a cambiar. Vale, falsa autónoma, sí. Peor me lo pones. Pero te recuerdo que eres incapaz de enfrentarte a tu jefe. Cuando en menos de setenta y dos horas se acaben tus vacaciones, todo va a seguir igual. No, no es ese el problema; a mucha gente no le gusta su trabajo y no por eso se instala en la apatía. Estás cayendo al pozo, lo estás viendo y no reaccionas. No haces nada, Belén. Nada. Es que tienes que empezar a tomar decisiones; busca otro trabajo, al menos. No, no puedes dejar este y ya está, porque tienes una hipoteca que pagar. Qué necesidad tenías de meterte en esto, ¿eh? Has intercambiado tu libertad por cuotas de, por ahora, cuatrocientos ochenta y siete euros al mes. Estás atada. A este piso y a esta hipoteca. Pero se supone que eso tiene que ponerte contenta. Tienes una seguridad, un activo, un lugar donde vivir y la suerte de haber podido comprar. No, claro, claro que no es fruto de tu esfuerzo, claro que es gracias a la herencia de la abuela, pero el caso es que tienes un piso. Es más de lo que pueden decir tus amigas, y mira ellas, que no lo tienen, pero son felices. ¿Venderlo? ¿Tú crees que vendes el piso y automáticamente, pum, felicidad? ¿O cómo va? ¿Crees que todos tus males empiezan en el piso? No, claro. Ni siquiera eres capaz de ver cuándo comenzó todo esto. Espabila, va. Ahora en serio. Si te levantas, la cama va a seguir aquí, no se va a mover. También podrías buscar algún sofá menos feo para el salón. Eres incapaz de ahorrar lo que cuestan, así que cómpralo ya y págalo a plazos. Seguro que com-

prar te sienta bien. Limpiar la casa es algo que tampoco puedes posponer mucho más, y aún tienes que tirar algunas cajas de la mudanza. No, no me voy a callar. No, no puedes estar agotada porque hace semanas que no haces nada más que descansar. Es que eres un absoluto desastre, ¿no te das cuenta? No se va a borrar el mensaje de Ángel por mucho que lo mires. Quizá estaría bien volver a bloquearle. Instagram, claro, cómo no. ¿Para qué? ¿Para ver cómo todo el mundo ha disfrutado de la noche del viernes? Todos menos tú. ¿Te aporta algo realmente? Lo que sí que te va a aportar es una ducha, ¿eh? De hoy no pasa. Y te lavas el pelo, que huele de haber estado en ese local. Objetivo de hoy: salir a la calle. Venga, que no es tan complicado. Intenta pensar en cuando hacías esto de forma automática. No era tan difícil.

19

Son tan frecuentes tristes amaneceres

SOFÍA

Tengo un martillo reventándome la cabeza y un ardor en la garganta acompañado de reflujo. Supongo que esto también es parte de cumplir treinta y dos años. Intento abrir un ojo y no sé si me alegro de haberlo conseguido. Joder. ¿Dónde coño estoy? ¿Cómo he llegado aquí? ¿Habrá alguien a mi lado si me giro? Voy a girarme. No. No. Sofía, por tu madre. Trata de hacer memoria. La sala Kominsky. Julia discute con Manu. Irene discute con Manu. La morra se lleva a Julia borracha. Belén desapareció. Claudia y Pablo a lo suyo. Álvaro y Dani se fueron pronto… Joder, si tengo todo más o menos claro. Yo estaba con Hugo y con Gael en la barra; ¿me habrá puesto Gael algo en la copa? No, no puede ser. No lo haría si yo no se lo hubiese pedido, pero ¿se lo pedí? ¿Hasta qué hora recuerdo? ¿Hasta las dos? ¿Hasta las tres? Si me muevo y no estoy sola, voy a despertar a quien esté conmigo. ¿Cómo coño va a estar alguien conmigo y no voy a saber quién?

Analizo la situación tratando de calmarme. Muevo muy despacio la mano hasta la cadera. Estoy desnuda de cintura para arriba, pero llevo bragas. ¿El móvil? Bajo la almohada, pero apagado. Sin batería. No sé qué hora es. No sé dónde estoy. No sé cómo he llegado hasta aquí. Esto, con ropa tirada en el suelo, sin alfombra y una pared en la que no hay absolutamente nada, tiene que ser la habitación de un tío. Creo que no huele a sexo. Tampoco es que huela bien. Huele a resaca. No puedo hacer nada más que darme la vuelta. Tengo que darme la vuelta. Sí, eso haré. Acabemos con esto, va.

Hostia. No. No. No… Hugo. No puede ser que otra vez hayamos acabado así. Si esto estaba superado. Y aclarado. Si no nos gustamos. Si solo complica las cosas. Ayer él estaba trabajando; la barra era una barrera física. ¿Cómo puede ser? Trato de despertarle, pero es imposible. Le hablo, intento moverle, le pellizco y hasta le hago cosquillas. Nada. Enciendo la luz. Tampoco.

Estiro el brazo hasta su mesilla y alcanzo su teléfono. Las 9.10 de la mañana. Pero ¿qué coño hago despierta? ¿Cuánto he dormido? Vale que las resacas a esta edad sean físicamente más duras, de acuerdo. Pero esto es jugar sucio. Yo quiero seguir pudiendo dormir hasta las doce de la mañana como pronto. Quiero que al despertar me apetezca comida basura y que al pedirla a domicilio la resaca aprecie el gesto y se disipe. Ya no sucede. Ahora el alcohol me provoca insomnio. Y tristeza, malestar, agotamiento y mal humor. Y no es sencillo salir de ahí.

Retiro el cable del cargador del móvil de Hugo y conecto mi teléfono. Las niñas tienen que poder contarme qué pasó anoche. Busco mi bolso y está sobre el escritorio, cerrado. Buena señal. Lo abro y compruebo que está todo. Despertarme con *black out* sin recordar cosas de la noche anterior y comprobar que me faltan enseres personales es algo con lo que convivo, por lo que no haber perdido nada es una pequeña victoria personal. Ayer no iba tan mal. Seguro que cuando me cuenten qué pasó ya consigo recordarlo.

En el bolso también están mis condones. Intactos. Y esto me incomoda más. No sé si hemos follado, pero no estoy en condiciones de más sustos. Quizá hayamos usado los preservativos de Hugo de haberse dado el caso. Reviso por la habitación y la mesilla buscando los restos del envoltorio. Nada, no encuentro nada. Registro hasta la papelera de la habitación. Tampoco. ¿Qué coño pasó anoche?

Es curioso el cuerpo humano. Me meo y, a la vez, tengo mucha sed. Muchísima. Necesito salir de esta habitación. No conozco al chico que vive con Hugo ni tampoco había estado nunca en este piso. Y, desde luego, no pienso salir en tetas a tantear dónde está el baño.

Hugo es la típica persona que se viste de manera habitual con camisetas de publicidad. Yo no digo nada al respecto porque es mi amigo y le conozco desde que aún le vestía su madre, pero sí es cierto que tengo una opinión sobre las personas que se visten con camisetas de publicidad. Hugo está al margen de ella, porque le conozco a un nivel al que no creo que vaya a conocer nunca a nadie que se vista con esas camisetas. Le robo una y me la pongo para salir. No hay espejo, no puedo verme, pero me apostaría un brazo a que tengo una pinta tremenda de recién follada. No me importaría si así fuese, pero me jode no saberlo. Me hago un moño y me aventuro a abrir la puerta.

Al salir de la habitación me encuentro en un salón que estoy descubriendo por primera vez. Sobre la mesita que hay delante del sofá, tres botellines de cerveza vacíos y dos prácticamente llenos. La última siempre está de más y acaba siendo innecesaria. También hay tres platos con restos de salsa de tomate. No entiendo por qué hay tres. ¿Quién más estuvo aquí? ¿Habré conocido al compañero de Hugo? ¿Tiene Hugo un compañero?

Hay otras dos puertas cerradas en este salón y un pequeño pasillo que conduce a la puerta de entrada y a la cocina, eso lo veo desde mi posición. El cuerpo me dice que allí está el agua, que corra, pero cuando comienzo a moverme me doy cuenta de que no llego. Antes tengo que hacer pis. Una de las puertas cerradas es el baño; la otra, la habitación de alguien que no conozco. Me la juego. Y fallo. Bastan unos centímetros para saberlo, no hay azulejo en la pared. Cierro tan rápido y con tanto cuidado como soy capaz. Y rezo para que quien esté dentro duerma como Hugo, sin enterarse de nada.

Meo en sentadilla, porque he visto baños de discoteca más limpios que este. No entiendo qué pasa a veces en los pisos de chicos que viven solos, sin madres ni novias. ¿No les molesta? Me acerco a la cocina y asumo que, si quiero un vaso limpio, tendré que lavarlo. No me veo capaz de no romperlo, así que bebo directamente del grifo, en modo fuente.

Regreso a la habitación y entro haciendo ruido, a ver si Hugo reacciona. Se mueve, pero no llega a despertarse. Le hablo. Tampoco. Me acerco a la cama por su lado y desenchufo el cargador. Me tumbo en el hueco que dejé hace unos minutos, enchufo el cargador junto a esta mesilla y trato de encender el móvil. Cuando lo consigo, suenan varias notificaciones. Hugo vuelve a hacer un amago de movimiento, pero continúa en coma.

Las niñas han llegado bien. Varios mensajes de «Casa» se suceden entre las tres y media y las cuatro de la madrugada. Después se acumulan los «Sofi, confirma que tú también», «¿Sofi?», «Sofia, por favor, di algo». Quizá por eso tengo cuatro llamadas perdidas de Irene. Les escribo por el grupo.

> Chicas, perdón
> Estoy bien, sí

Y lo dejo ahí preparándome para la pregunta.

> Te mato

> Joder

> Qué susto

> Y con el móvil apagado

> Fuiste a casa o adónde?

> Con quién?

Irene es capaz de no haberse acostado aún esperando mi respuesta. Por su cabeza han pasado todas las posibilidades, desde que llegué a mi casa y me dormí directamente hasta que alguien aprovechándose de mi estado hizo conmigo lo que quiso. Todas son igual de válidas y de posibles, y eso me hace pensar que algo no está bien.

Cada vez es más habitual esto de no acordarme de la parte final de la noche. No sé a qué se debe, porque no es proporcional al número de copas o cervezas. A veces sucede cuando bebo menos; a veces, cuando bebo más. Es verdad que me despierto rara, como si todo el mundo supiese algo que desconozco. Sé que las niñas también tienen lagunas, pero es que lo mío es el puto océano Atlántico. Paso de recordar perfectamente una conversación de fiesta a despertarme muchas horas después.

Me preocupan las cosas que pasan en el medio. Lo que digo o lo que hago. No sé si actúo sin ser consciente o si soy capaz de pensar en esos momentos. Simplemente, al día siguiente no los recuerdo. No estoy orgullosa, pero me he levantado, alguna vez, al lado de hombres para mí desconocidos, por eso lo de hoy con Hugo no es tan grave. He metido a gente en mi casa y me he asustado al comprobarlo por la mañana. Personas que no conozco. Personas con las que he mantenido relaciones sin enterarme, o enterándome, no lo sé; soy incapaz de recordarlo. Personas que podrían haberme robado o haberme hecho cualquier cosa.

¿Y qué hago? ¿Dejar de beber? Pues es que no me apetece; me gusta, me divierte. ¿Beber menos? Es que esto a veces sucede con muy poco. Y no sé medir a partir de cuándo sucede. Es como un punto de no retorno impredecible y, por tanto, incontrolable.

> Sofía, tía, todo bien?

Julia es menos autoritaria, pero también se preocupa.

> Tú ayer también ibas fina

> Jeje

> Mucha resaca?

> Sofía, por Dios

> Di algo

> Contesta

> Qué hiciste?

> DÓNDE ESTÁS?

Si hay algo que verdaderamente no soporto de Irene, mucho más allá de sus normas y su control, si hay algo con lo que no puedo, es que necesite enviar diez mensajes de WhatsApp para desarrollar una sola frase. Yo acostumbro a tener el móvil con sonido y cuando me dan ganas de tirarlo por la ventana es porque ha escrito Irene. ¿Qué le pasa? No puedo entender esa necesidad de pulsar «Intro» cada tres palabras. No puedo.

Les envío un audio diciendo que me había quedado sin batería, que perdón. Que todo bien, pero que tengo resaca. Que espero que ayer se lo pasasen bien. Que Manu es un idiota. Y que voy a intentar dormir un poco más.

Pero joder

Dónde estás?

Tan difícil es responder?

Irene no descansa, no puede parar. Y yo quiero intentar dormir.

20

Seré señal cuidándote de cerca

Julia

Supongo que al acostarme a dormir con la morra no pensé en el hecho de tener que levantarme con ella. Al menos no tenemos que ir a clase. Después de una noche de borrachera y confesiones desinhibidas, la duda de cómo afrontar la siguiente conversación es insalvable. ¿Qué se hace ahora? ¿Se actúa como antes de las cervezas, las copas y el mezcal? ¿Como si no hubiese pasado nada? ¿Cómo se encaran en estado sobrio todas estas verdades? ¿Hay que volver a hablar sobre cada uno de los temas tratados para confirmar que eran firmes y que no eran conclusiones producto del alcohol? No debería ser algo complicado con una amiga. Incómodo sí, porque alguna tiene que establecer el protocolo de actuación, pero, pasado eso, debería estar todo bien.

Por suerte, Emilia se despierta y me abraza dándome las gracias por la noche de ayer y asegurándome que retomaremos todos los temas. Dice que hay que trabajar en ellos y que conviene repasarlos sin alcohol de por medio. Yo le doy las gracias por haberme cuidado, porque es importante agradecer a las amigas que estén ahí cuando decides cenar en vaso y que pase lo que tenga que pasar. La resaca no es demasiado grave; podría ser peor, pero ahí está. Lo debo llevar escrito en la frente, porque lo primero que me ofrece la morra al levantarse es un ibuprofeno. No puedo decir que no. Y no quiero abusar, pero también necesito una ducha y un café.

En realidad, lo que no me apetece nada es llegar a casa y responder preguntas. Que qué tal ayer, que dónde estuve, que con quién, que hasta qué hora, que dónde he dormido, que qué voy a hacer hoy, que si como en casa, que si cenaré en casa, que si cuentan conmigo para ir mañana a no sé dónde... Es que no lo soporto. Vuelvo a tener quince años solo por el hecho de compartir techo con mis padres. Necesito mi espacio. Tengo que empezar a buscar un apartamento. Emilia se ofrece a compartir el suyo, pero creo que no me convence la idea. Quiero estar sola. Necesito estar sola. Tengo que avanzar. Debería empezar a tomar decisiones. Lo dejé con Sergio, tiré mi vida por la borda y decidí nadar a contracorriente porque quiero tener un hijo, ¿no? Pues de esto hace ya cuatro meses. Creo que la ruptura puede considerarse definitiva.

No sé por dónde empezar, pero tengo que hacer algo.

La morra insiste en que ese algo que tengo que hacer es pensar en alto, hablarlo y dejar que la gente me cuide; que tengo tiempo para tomar decisiones. Y no. Estoy cansada de dejarme cuidar, pero la verdad es que me interesa la opinión de las niñas acerca de lo que tengo en mente. Es sábado y están todas aquí, así que propongo que nos veamos para un *brunch* y lo que surja. Si Emilia me presta algo de ropa, me ahorro hasta el pasar por casa.

> Pero eso a qué hora?
> Yo aún tengo que pasar por casa

Sofía se acaba de delatar solita, que no creo que haya madrugado para ir a misa.

Tía, no fastidies

Que dónde estás

O con quién

Cuenta

Cómo acabaste ayer?

Irene no perdona.

Ire, déjala, ahora nos cuenta
Sofi, no sé, en una hora o hora y media?

Ok! Y sí, tranquilas, ahora os cuento
Primero tengo que enterarme yo

Irene debe estar hiperventilando, pero a mí me da la risa porque sospecho que va a ser una quedada muy divertida, como las de antes. Hace unos años, quedar para el aperitivo en Taberna A Mina era la norma de cada fin de semana. Allí recapitulábamos las noches de fiesta y nos repetíamos una y otra vez que nuestra vida parecía una serie. No sé por qué dejamos de hacerlo, supongo que porque hacerse mayor también implica trabajar algunos fines de semana y descansar otros por necesidad. Le doy vueltas durante un ratito a ver cómo puede sonar menos malo de lo que es y, al final, me atrevo a decirlo.

Claudia, crees que puedes venir sola al
brunch?

> Que más tarde se una Pablo si quiere
> Pero si puede ser, me gustaría tener un
> ratito con vosotras :)

Pulso enviar y cruzo fuerte los dedos con la esperanza de que no siente mal el comentario, que podría ser. Y más si tenemos en cuenta que yo voy a invitar a Emilia.

Sofía me envía, por nuestra conversación privada, un *sticker* en el que un bebé aplaude y manda besos. Lo interpreto como un refuerzo positivo a mi propuesta de que Claudia deje a Pablo en casa. Un refuerzo positivo, pero privado. Por el grupo está pasando la bola del desierto sin necesidad de que nadie haya enviado el *sticker*. Claudia no lo ha leído, y el resto no se posiciona. No ante las demás.

WhatsApp no deja de ser otro escenario que nos define. Las redes, en general, lo son. Los roles del grupo también están siempre perfectamente retratados en esta conversación que compartimos. Es verdad que es Claudia quien más escribe y la mantiene viva, aunque no esté en Vigo en nuestro día a día, pero, aunque ella nos aguante el chat compartiendo cosas, con audios eternos, contándonos cómo le va todo o simplemente preguntando qué tal, aquí la líder también es Irene. Acabamos haciendo las cosas que ella propone adaptándonos siempre a como ella quiere que se hagan.

Belén tampoco ha visto los últimos mensajes y ayer se escapó de la fiesta pronto; además no bebió. Debería escribirle o llamarla por teléfono. Es obvio que le pasa algo. Pero me siento incapaz; a mí me está pasando algo también y, por lo visto, Emilia está viendo venir un alud que está a punto de arrollarla. Necesitará un sostén, y yo no puedo con todo. Claudia, Irene y Sofía están bien, ¿no? Pues que le escriban ellas.

21

Eso que se nos escapa de las manos

BELÉN

Levántate ya. Venga. Es que hoy tienes que ir a desayunar con ellas. Te sientes sola, ¿no? Pues eso es compañía. Sí, ya, no te apetece. Pero no te apetece nada. Eso no vale. Es sábado, hace buen día, venga. Hasta Irene te ha llamado para que vayas. Va, vete, que están aquí al lado. Llegas caminando. Sí, claro que te van a preguntar por qué te fuiste ayer. O no, quizá piensan que te marchaste con Ángel, o quizá ni saben que te fuiste. Tienes que ir y explicarles que con él ya se acabó. Que pedirles que te vigilen para que sea de verdad. Y tienes que coger las riendas, Belén. No puedes seguir así. Septiembre es un mes de propósitos. Va, recupera tu vida, que estás a tiempo. Te levantas de la cama, te das una ducha, te lavas el pelo, te pones las lentillas, te maquillas un poco, te pones un vestido mono y te plantas en el desayuno con una sonrisa. No tienes que hacer nada más. Si no te apetece hablar, te sientas y escuchas. Sí, te sientas y escuchas. Tampoco tienes mucho que decir. Lo de Ángel, sí, eso sí. Dices lo de Ángel y escuchas cómo les fue a ellas anoche. Poco a poco, pero ir hoy es un principio. Y no vas a ser capaz si ni siquiera lo intentas. Después tienes que establecer un orden, es que eres todo caos y eso no te ayuda. Mira a Irene, mira su vida, su rutina. Eso es lo que necesitas. Y deporte, y comer bien... Sí, no puedes. No tienes fuerzas para nada. No sirves. Pero es que antes de nada lo que tienes es que pedir cita en terapia, porque sola desde luego que no vas a poder avanzar. Y tienes que contarles a las niñas cómo te sientes. Mira, también puedes decírselo hoy. No, no tienes un motivo para estar mal y no lo van a entender, pero tratarán de ayudar porque son tus amigas y no necesitan entender nada para arrimar el hombro. Vaya pastelada. ¿Te imaginas que fuese así? Pero qué hombro van a arrimar si ni siquiera se han dado cuenta de que no estás bien. Solo hace falta verte la cara para saberlo y ellas, nada, no se enteran. Llevas un mes de vacaciones, desaparecida, y aquí cada una a su vida sin preocuparse. ¿Para qué les vas a decir nada de cómo te sientes? ¿No ves que no les importas? No, a ver. No es eso, pero no les importas tanto. Están ocupadas. Ya te escribirán cuando tengan que renovar el seguro del coche y, si ahí no contestas, quizá se den cuenta. Pero, mira, hoy te han llamado. Sí, Irene porque tiene que controlar que estáis todas, es verdad. Quieren que en la mesa estén las cinco niñas, todas, como número. No es que quieran que en la mesa se siente Belén. No lo hacen por ti, lo hacen por ellas. Tal vez incluso porque alguna quiera contar algo, pero eso a ti te da igual. Te duele sentirte sola y blablablá, pero tú... tú no estás para nadie. ¿Cuándo te has convertido en alguien así de egoísta? En otro momento habrías quedado con Julia cada día de las vacaciones, habrías salido con Sofi, habrías propuesto una escapada a algún festival... Y, ahora, mírate. No, no, no. No caigas. Ni se te ocurra responder a Ángel. Es más, apaga el móvil. Deja de enredar. Te están esperando, por favor, espabila. Pasa a la ducha. ¿El vestido? El vestido debe de estar aún en alguna de las maletas sin colocar. Estará arrugado. Qué más da. Es que también podrías poner una lavadora. Absolutamente necesario que or-

denes esta pocilga. Es que no se puede ni caminar. Que sí, venga. Haz por ir con ellas un rato. No tienes que quedarte todo el día, pero al menos sales y te despejas un poco. ¿Qué haces? No necesitas subirte a la báscula, Belén. No necesitas un número viendo lo ya que ves en el espejo. ¿No te llega? Es que es entendible que le quieras contestar a Ángel, sí, claro. Porque, si no es él, a ver quién te compra ese cuerpo. Pero no puedes ser tan conformista como para quedarte con Ángel y con estas lorzas, no, venga. Poco a poco. Primero, fuera Ángel, después ducha y brunch *con las niñas. Y después ya vamos viendo lo del cuerpo, lo de la dieta o lo que haga falta. Paso a paso. Y lo del pelo no es negociable, míralo. Es que te lo tienes que lavar. No puedes salir con estas greñas a la calle.*

22

Ojalá se te acabe la mirada constante

SOFÍA

Por fin consigo que Hugo abra los ojos. Cuando lo hace, lee el desconcierto en mi cara. Tras cachondearse un rato de la situación, me aclara que anoche no pasó nada entre nosotros y noto como mi ritmo cardiaco se estabiliza. Me cuenta que acabamos en su piso, Gael, él y yo, como en los viejos tiempos; que no queríamos dar por finalizada la noche y que estando en su sofá con la última cerveza, que siempre es la que está de más, me venció el sueño. Que consiguió que me moviera a la cama, pero que no tiene claro si cuando lo hice estaba consciente o sonámbula.

También me explica que hace cuatro meses que vive en ese apartamento, que un amigo suyo se mudó a él porque era de sus padres y lo tenían vacío y que, como le sobraba una habitación, se la había ofrecido por un precio simbólico. Su alquiler era para cubrir los gastos del piso. Me pareció un buen trato, aunque ni gratis estaría yo dispuesta a compartir un baño como el que he visitado hace un rato. Su compañero se había ido de fin de semana y por eso habíamos acabado allí, porque estábamos solos y porque, según me dijo, yo negué la opción de mi casa alegando que estaba desordenada y que, con las cosas por el medio, no cabíamos. Me reafirmé en el argumento y me despedí de Hugo con la típica retahíla de que tenemos que vernos más.

Cuando llegué a la calle, me di cuenta de que la desconexión con él era realmente grave. Estaba a menos de dos minutos caminando de mi casa; éramos vecinos. Así llevaba siendo meses y yo no lo sabía. ¿Cuándo le había visto por última vez antes de mi cumpleaños? ¿Le tenía presente en mi día a día? ¿Le había echado de menos? Sé que hay amistades que necesitan atención y cuidado casi diario y que hay otras que soportan muy bien la distancia, que está en su naturaleza, que basta con juntarse muy de vez en cuando. Así sucedía con Gael, pero Hugo... Hugo se englobaba en el primer grupo y no había sido consciente hasta ahora de que, en algún momento, se movió al segundo. Quizá él no lo ha notado. No he visto nada raro en su comportamiento.

Hay algo en el camino de vuelta a casa un sábado por la mañana. Es un runrún sordo, una leve sensación; es sentirse observada, como si la gente que camina por la calle supiese que has dormido fuera; como si las personas te mirasen con cierta insolencia haciéndote saber que lo saben. Quizá la ropa, el rímel corrido o la cara que tengo, en general, sean pistas suficientes. Lo sé. Pero también sé que nadie se imagina que vengo de dormir en casa de un amigo; me juzgan por haber disfrutado de una noche de sexo que ni siquiera ha existido. Y lo sé porque yo también he juzgado a mujeres que regresan a casa mientras me siento en alguna terraza a trabajar. Las observo, a veces caminan incluso descalzas, con los tacones en la mano. Cuando me devuelven la sonrisa, me imagino que les ha ido bien la noche, que van pensando en quién dará el próximo paso. Cuando me giran la cara, intuyo que han cometido un error o que les persigue la culpa. Yo hoy no devuelvo sonrisas. Hoy, directamente, me río de la situación. También pienso en si son igual de reconocibles los hombres que regresan a casa, y eso me lleva a prestar atención a las caras de aquellos con los que me cruzo.

Al llegar a casa me fijo en que hemos quedado en quince minutos. Tardaré diez en llegar. Otra vez, voy tarde. Trato de optimizar el tiempo; abro la ducha y, en lo que se calienta el agua, recorro el apartamento en busca de un ibuprofeno; mientras, voy desvistiéndome, dejando todo por el suelo y contribuyendo al desastre.

Hace veinte minutos que llegué y ya casi estoy lista. Esto es de récord. Cartera, llaves, batería portátil, móvil… Todo al bolso. El nivel de resaca me lleva a marearme con la colonia. Cojo también algo de abrigo, porque estos planes son de los que tienen todas las papeletas para estirarse y complicarse sin la menor intención, y, aunque ahora haga calor, no sé a qué hora decidiremos volver a casa; que no nos pare el frío.

Me planteo ir en taxi, pero recuerdo que el dinero del trayecto debo invertirlo en algo que se llama *brunch* y no desayuno ni aperitivo, así que llego tarde. No me lo echan en cara porque no soy la última; Julia, Irene y Claudia esperan sentadas ya en la terraza. No hay rastro de Pablo, y Claudia no parece molesta; a Julia ahora mismo se le consiente todo. Belén no ha dado señales de vida todavía, y la conversación empieza por ahí. Irene decide volver a llamarla y, antes de colgar, le recuerda dónde estamos y le pregunta si la esperamos para pedir. Sin presión.

Sé que soy el próximo tema de conversación, así que me adelanto y me apresuro a aclarar cómo acabó mi noche, dónde he dormido y a insistir en que no, que con Hugo no ha pasado nada. Noto la decepción en ellas, por aquí nada que comentar. Podemos avanzar, así que cedo el testigo a Irene, que seguro sabrá hacia dónde dirigir la conversación.

Le falta tiempo para cuestionar a Julia. Le pregunta por qué quería estar solo con nosotras, sin Pablo, y, antes de que pueda responder, un camarero se acerca con una carta plastificada en tamaño A3 en la que no existe un simple cortado. Todo son cafés de especialidad y ninguno baja de los tres euros. Las tostadas, viendo los precios, deberían tener el tamaño de la barra de pan entera. Hay yogur con *toppings*, cócteles, zumos de frutas que ni conozco, *smoothies*, kombucha, tartas... También hay una sección de sugerencias en la que se alternan la bollería y las opciones saladas, todo con muchas posibilidades de diversos ingredientes.

Yo quería un cortado, un zumo de naranja y dudaba entre un cruasán o un pincho de tortilla, pero nada de esto existe aquí. Así que hago un esfuerzo por armar un desayuno contundente que sirva también de comida. ¿No se puede elegir una tostada o un *bagel* y ya? ¿Tengo que seleccionar también cada uno de los ingredientes? ¿En serio me van a cobrar esa barbaridad y no se molestan ni en diseñar una carta? Pero ¿quién ha elegido este sitio?

Irene me dice que no me preocupe, que ella pide por mí, y, si las demás quieren, por todas, que así compartimos. Irene siempre prefiere compartir la comida, picar un poco de aquí y de allá, porque, si tiene un plato para ella, no se lo termina jamás. En su caso, la ración perfecta sería la mitad de una habitual. Irene siempre se come la mitad de todo; aunque sea una galleta, ella deja media. Normalmente, cuando propone compartir, Claudia se niega. Siempre quiere un plato para ella sola; aunque las demás pidamos al centro, para todas, ella no, ella tiene que pedir lo suyo. Hoy no. Hoy nadie tiene nada que objetar, así que Irene llama al camarero y se encarga de entenderse con él. En cuanto se va, retoma el tema con Julia.

Nos cuenta que el paso de los meses no está mejorando la situación, que cada vez dedica más tiempo a pensar en que quizá se equivocó y que está valorando dar un paso atrás y, si él aún quiere, volver con Sergio. Dice que a veces tiene claro que no, que quiere ser madre ahora y se convence de que quiere ser madre soltera, que ayer por ejemplo sentía que tenía la decisión tomada, que lo que más temía era el tener que decírselo a sus padres. Pero que hoy por ejemplo ya no, que ahora piensa en que lo que ella quiere es formar una familia, con un padre, que no es que quiera conocer a nadie más, que Sergio es el padre perfecto, que le echa de menos.

Que está hecha un lío, que ya nos lo ha dicho muchas veces y que sabe que no podemos decirle mucho más, pero que quería desahogarse y que, si Pablo estaba delante, iba a darle vergüenza. Claudia resta importancia a lo de Pablo y nos cuenta que ella también quería un ratito a solas con nosotras, que no tiene que contarnos nada, pero que le apetecía un reencuentro con todas. Mientras lo dice, llega Belén disculpándose por el retraso. Se hace un pequeño silencio, y ella lo aprovecha para pedir un resumen de la conversación hasta el momento. Así evita que nosotras preguntemos por ella.

Irene retoma el tema Sergio recordándole a Julia que no es una opción lo de que, ahora mismo, él sea el padre. Porque él, ahora, no quiere. Se lo dice a las bravas, pero mientras le acaricia la mano, como si así le fuese a doler menos. Julia insiste en que ya lo sabe, pero que entonces qué hace.

—Igual yo también tengo que buscar un padre para mi bebé —digo, casi sin pensar, para que Julia no se venga abajo. Todas abren mucho los ojos y me miran sin entender, pero, por supuesto, Irene reacciona primero...

—¿Ahora tú también quieres ser madre o qué, Sofía? Te quejas constantemente de la falta de tiempo y de la falta de pasta, hace años que insistes en que pasas de las relaciones, pero, claro, ahora tú también quieres un bebé. ¿Qué pasa, el instinto maternal ese es contagioso? —dice mientras aleja su silla de la de Julia para acompañar la broma—. ¿Tú te lo has pensado bien?

—No, yo no me he pensado nada, la verdad. Pero, según mi aplicación de salud, hace ya sesenta y nueve días de mi última regla. —Pues, hala, ya está. Dicho queda. Lo que no me esperaba, desde luego, es este silencio como respuesta.

—Pero ¿tienes algún síntoma? ¿Te has hecho un test?

—Sofía, pero ¿cuándo fue la última vez que follaste? ¿Sabes quién sería el padre?

—Tía, pero ¿en qué momento pasan los meses y no te viene la regla y no dices nada? ¿Qué vas a hacer? O, bueno, ¿qué estás haciendo? ¡Ayer bebiste!

—Pero ¿tú no estabas tomando la pastilla? ¿Esto lo sabe alguien más?

Se amontonan las preguntas y yo, que ya me lo imaginaba, espero a que terminen.

—No, no tengo síntomas. Ninguno. No me he hecho un test. Sí, estoy tomando la pastilla, aunque puede ser que algún día me olvidase. No sé, a veces me pasa. La última vez que follé fue la semana pasada, pero llevo sin regla casi tres meses, como os acabo de decir. Con quién follé a principios de verano, pues, chicas, con algunos. No, no sé quién sería el padre si es que hubiese bebé. Quizá con un calendario y el archivo de WhatsApp... Bueno, tal vez podría averiguarlo. No dije nada porque es algo a lo que yo tampoco estoy haciendo caso, así que sí, ayer bebí. Y, por favor, se supone que sois mis amigas, las broncas que me vayáis a echar... Con un poquito de tacto, que ya sé que es un poco fuerte todo.

—¿Un poco fuerte todo? ¿Un poco fuerte todo es tu manera de resolver que quizá tienes un bebé dentro, que llevas meses bebiendo, que no sabes quién sería el padre y que lo único que estás haciendo es dejarlo pasar? Un poco fuerte eres tú, Sofía. ¡Hoy mismo te haces el test! Déjame pensar dónde hay una farmacia y voy ya a comprarlo...

—Irene, por favor. Hoy no. Hoy es un día con mis amigas en el que estamos juntas y solas después de muchos meses. Hoy quiero reírme, quiero compartir, quiero que nos pongamos al día, que abracemos nuestras miserias y nuestra deriva sentimental y quiero brindar. Así que deja que me olvide del tema un rato más y yo te prometo que me compro un test y me lo hago. Te lo juro.

—Pero, vamos a ver, que estoy yo pensando... Si no sabes quién puede ser el padre, ¿qué pasa? ¿Qué vas por ahí follando sin condón habitualmente?

—No sé, Ire, no sé. Supongo que alguna vez, con alcohol de por medio... Yo que sé. Vamos a dejarlo estar, por favor. Contad vosotras vuestras cosas, cambiemos de tema.

—Pues Pablo y yo hemos estado hablando de que para la luna de miel quizá nos gusta el viaje de Australia y Nueva Zelanda

—Claudia, por favor. Cállate.

—Irene, Julia está llorando porque quiere ser madre y Sofía está blanca porque quizá lo va a ser. No creo que seguir dándole vueltas al tema ayude, así que, o nos cuentas qué tal tú en la clínica, o nos habla Belén de su casa nueva y su obra, o enredo yo con la boda. Pero un poquito de alegría, ¿vale? Que es sábado, estamos juntas y... ¡Mira qué huevos Benedict nos traen por ahí! Vamos a calmarnos...

23

Solo hay un leve destello al que mirar

Irene

Claudia tiene razón. Esto hay que remontarlo. A veces no mido, quizá me he pasado. Pero es que no me cabe en la cabeza que a estas alturas tenga que recordarle a Sofi lo de utilizar preservativo; es que parece una adolescente. No falta mucho para mi revisión anual de gine. De hecho, creo que es la semana que viene o la siguiente. Quizá podría pasarle mi cita a Sofía o decirle simplemente que me acompañe y, una vez allí, que la vean a ella. Si se lo digo directamente, me va a decir que no. Pero tal vez si le pido que venga conmigo... Sí, después se lo diré. Ahora sigamos levantando la conversación...

—Venga, Clau. Pues sí, yo puedo contaros que en la clínica tenemos un ortodoncista nuevo que está... ¡Está para unas volteretas!

—¡Anda! ¿Y qué sabemos de este chico? —Julia es capaz de hacer borrón del segundo anterior y retomar la conversación con una sonrisa; y es transparente, no guarda rencor. Además, necesita una sola frase para hacer de «este chico» la causa de todas nosotras.

—Sabemos que seguramente tenga novia, así que mirarle y poco más.

—Pero ¿por qué seguramente? A ver, Irene, desarrolla toda la información, que aún estamos a tiempo de hacer un más uno en tu invitación. —Claudia últimamente mide la vida en relación con su boda.

Les cuento que se llama Pedro, que vive en Lalín, una villa a cien kilómetros de la ciudad. Que solo trabaja en la clínica tres días a la semana y que, cuando lo hace, viene desde allá; que si no ha querido vivir en Vigo será porque hay algo allí que le ata. Les digo que esos días hace jornada completa y se queda a comer, y que llevo semanas observando que, además de la comida, se trae un táper con postre.

—¿Y qué si se trae un táper con postre, Irene? ¿No puede gustarle tomar postre después de comer? Estamos empezando a llevar demasiado lejos esto de las listas de requisitos, ¿eh?…

—No, no, Sofía. Claro que puede comerse todos los postres que quiera. No es un requisito, es una señal. ¿Quién narices se prepara un táper con postre para llevar al trabajo? No, ¿qué hombre lo hace? Este chico, o vive con su novia, que le sorprende cada día con uno diferente y se lo envuelve bonito para que se acuerde de ella cuando va a trabajar, o, peor, vive con su madre.

—Me parto, Irene. Entiendo la posibilidad de novia, vale, pero ¿si es su madre la que se lo hace, ya no vale tampoco? ¿Vivir con su madre es un requisito también?

—Por supuesto que el hecho de que viva con su madre o con sus padres a esa edad le descarta automáticamente. No sé dónde está la duda.

—Pues gracias por la parte que me toca —apunta Julia levantando su vaso de zumo para brindar.

Reímos. El tiempo y el mundo se paran un poco cuando una conversación de amigas ocupa el presente. La vida adulta está siendo como tratar de comerse una sopa con tenedor y no tiene pinta de que vaya a cambiar, pero a veces hasta nos hace gracia. Me quedo pensando en el criterio de descartar a hombres mayores de treinta que continúen viviendo con sus padres. Es cierto que el mercado inmobiliario es cada vez más inaccesible para nosotros, pero hablamos de un ortodoncista; no debería de tener problemas de dinero.

Quizá pretende comprar y, si vive con sus padres, no es más que por ahorrarse el alquiler. Esto me lo apunta Claudia, pero yo no me había parado a pensarlo. Ni regresando a casa de mis padres durante media vida sería capaz de ahorrar para tener mi propia vivienda. No entiendo cómo lo hacían antes, cómo lo hicieron ellos, nuestros padres. Supongo que antes la vida era otra cosa.

Dejo que sigan haciendo castillos en el aire con Pedro y me fijo en Belén, que, como siempre últimamente, no habla. Deberíamos insistir un poco en que nos cuente qué le pasa, pero ya sabemos que el problema no es qué, sino quién le pasa. Le pasa un capullo que lleva años aprovechándose de que ella es un pedazo de pan. Un idiota que ayer se paseó por Churruca delante de todas nosotras con un par de chicas diferentes.

Y ahora nosotras nos tenemos que comer el marrón de decírselo a la pobre Belén; quizá incluso se lo contemos y nos lo niegue o nos diga que Ángel durmió con ella. Es muy frustrante ver cómo una amiga puede llegar a meterse en el pozo por un hombre que no le llega ni a la suela de los talones. Es horrible. Si la confrontamos, la perdemos. Si no lo hacemos, la opción es contemplar la caída, y eso tampoco nos deja en buen lugar.

Yo prefiero decir las cosas sin anestesia.

—Belén, no sé si quieres saber esto o no, pero creo que ayer Ángel se fue con una. No estoy segura. Ni siquiera sé si tú te fuiste con él, pero le vi salir con una chica rubia y, bueno, prefiero decírtelo.

—No, yo me fui sola. Me da igual con quién se haya ido, pero gracias por comentarlo. No quiero hablar de Ángel, ¿vale? Prefiero que nos sigamos riendo.

Necesito preguntarle más, saber qué pasa, pero entiendo que no es el momento. No sé si es este tema el que tiene a Belén así de apagada, pero es una sombra de sí misma. No está bien. Al menos hemos conseguido que se acercase hasta aquí; es importante mantenerla ocupada. A mí tampoco me apetece irme a casa. Propongo alargar el ratito juntas, alargarlo del todo. Les digo que me apetece salir con ellas como en los viejos tiempos. Intento que nos dejemos llevar y que lo que surja, sin presión.

24

Yo soy todo lo que quieres cuando todo lo que tienes no te basta

BELÉN

¿Te sorprende? ¿Qué más necesitas? Ahí está. Ya tienes la confirmación que necesitabas. Si Ángel ayer no llamó, si no siguió insistiendo, es porque se fue con otra. ¿Qué esperabas, que las niñas se callasen algo así? Es que claro que te lo tenían que decir, a ver si así te pones las pilas. ¿Y qué vas a hacer con esto ahora? ¿Cantarle las cuarenta y volver a lo de siempre? No, no, ¿eh?, esta vez no. Esta vez te mantienes al margen, no respondes nada y lo dejas ir. Aunque es verdad que él te escribió a las cinco y ellas se fueron antes. ¿Será capaz de haberte escrito después de estar con otra? O, peor, ¿será capaz de haberte escrito como segundo plato? Sí, claro, desde luego que sí. Si ya sabes cómo funciona. Mañana, cuando sea domingo y se aburra en el sofá de casa de sus padres, te volverá a escribir. Y si tú le escribes hoy pidiendo una explicación que no necesitas, porque ya la tienes, pues te dejará en visto una semana. Es que de verdad, no lo hagas. No tiene sentido. Es que está todo muy claro, y lo suyo es de primero de intermitencia de Instagram. En qué momento te has metido tú en algo así, Belén. Es que

cómo has acabado en esto. Claro, claro que las niñas no lo entienden, qué van a entender. Si ellas ven desde el principio todo lo que no está bien. Si Ángel nunca les gustó. De hecho, entienden más de lo que tú eres capaz de ver. Se cansaron de aguantarte. Se cansaron de ti y de tu discurso de que todo era maravilloso cuando ellas estaban viendo perfectamente cuál era la dinámica y cómo te trataba. Y ahora, ahora no te queda otra que darles la razón. Es que le has defendido hasta lo indefendible. ¿Y para qué? ¿Te ha servido de algo? Cambia la cara, va. Que es que él no se merece este drama que le haces. Ya no. ¿No ves que no eres capaz ya ni de recordar los momentos buenos? Todo está oscuro, no se salva nada. Tenías que haberlo parado mucho antes. ¿Cuánto hace que sabes que es imposible que saliese nada de ahí, eh, cuánto? ¿Un año, más? ¿De verdad es alguien que merece que pierdas un año de tu vida pasándolo mal? ¿Cuánto de tu malestar viene por ahí, eh? En algún momento pensaste que él te hacía sentir bien, pero en realidad no ha hecho más que lo contrario. Desde el principio. ¿No te das cuenta de que se acostaba contigo y ni siquiera te daba un beso? Es más, es que ni siquiera te miraba a la cara. Es que es grave, cómo vas a estar bien. Y le has dejado entrar en tu casa; del piso viejo hasta tenía una copia de las llaves. ¿Cómo ha pasado esto? Si tú no eres tonta. ¿En qué momento dejas que te tomen por imbécil? Y todavía esperas una explicación, que es lo peor. ¿Una explicación a qué, exactamente? ¿A por qué te utiliza? ¿A por qué te miente? ¿A por qué no te deja en paz? No te deja en paz porque eres un chollo, no porque te quiera. Es imposible tratar así a nadie a quien tengas un mínimo de cariño, por quien sientas un poco de aprecio. Ya le has dicho muchas veces que te hace daño, es suficiente. No puedes seguir insistiendo en ello porque no hace ningún esfuerzo, ni por entenderlo, ni por cambiarlo, ni por nada. Míralas a ellas, mira a Sofía, que es posible que esté embarazada de cualquiera. Mira a Julia, que está absolutamente perdida. Como tú, sí, pero ella tiene motivos. Mira a Claudia siendo Claudia o a Irene con el tema de sus padres. Esto es lo que importa, Belén. Ellas. Tú solo tienes que mandar a la mierda algo que hace mucho que te hace daño, algo a lo que no le ves nada positivo. Es que ¿qué te aporta esta persona realmente? Ves, no eres capaz ni de responder a la pregunta. Sé honesta contigo. Urge que dejes esto atrás. Si no tienes dinero para terapia, pues alquila la habitación que te sobra en el piso. Sí, quién coño va a querer vivir contigo en este momento, es verdad. Pero bueno, es que tampoco tienes que darle conversación a nadie. Sería solo alguien con quien compartir el piso. De hecho, díselo a las niñas. Quizá Sofía esté dispuesta a ahorrarse parte de su alquiler. O quizá a Julia le interesa, unos meses aunque sea, que está harta de sus padres. Con Irene no es opción, que necesitas orden, pero no tanto. Y, si no, anúnciala en internet, que siempre está bien conocer gente.

25

Quiero acordarme de esto
hasta el fin de mis días

SOFÍA

¿Y ahora qué? ¿Qué se hace después de un *brunch*? De este sitio en el que nos han timado por un desayuno tan contundente como tardío, nos echan. Parece ser que tienen gente en la cola y que necesitan liberar la mesa. Es decir, que venimos, aceptamos pagar una millonada por un zumo, un café y unas tostadas de diseño y, ahora que hemos terminado, no podemos ni quedarnos a charlar porque, si no, no facturan; es que tiene guasa. Yo a veces no entiendo el mundo moderno. Las niñas tampoco, pero Irene, que no se deja vacilar fácilmente, le ha pedido al camarero que le traiga por favor lo más barato que tenga en la carta, que así nos quedaremos un rato más, que así ya estábamos consumiendo.

El camarero se ha reído y le ha dado la razón, se ha disculpado por un discurso que le obligan a decir y le ha comentado que hace bien, pero muerto de vergüenza ha tenido que añadir que lo más barato es un café expreso por tres euros con diez céntimos y que, si lo quiere doble, cuesta ya cinco con cincuenta. Irene le ha pedido el expreso simple y, además, un vasito de agua para cada una.

Claudia ha puesto el grito en el cielo, claro; que parecemos pobres, dice. Que cómo vamos a estar en una terraza que tiene cola consumiendo vasitos de agua. Pues por principios, Claudia, por principios. No nos falta el dinero, pero tampoco nos sobra como para que nos tomen el pelo. Debe ser esto algo normal en la capital, que ella ni siquiera ha pestañeado cuando han venido a pedirnos que nos marchásemos; estaba ya de pie con el bolso en la mano cuando la mirada de Irene ha hecho que se sentase de nuevo.

El caso es que conseguimos alargar el desahucio casi una hora, pero, al final, tuvimos que levantarnos. Dimos juntas un paseo sin rumbo, algo que hacía realmente mucho tiempo que no sucedía. Recorrimos la Alameda, la zona más señorial de la ciudad, también conocida como plaza de Compostela. Un terreno ajardinado que forma parte del ensanche vigués; uno en su momento ganado al mar y que fue, entonces, el primer parque urbano público de la ciudad.

Los jardines están decorados con diversas piezas del escultor Camilo Nogueira, que, allá por los años sesenta, ya tuvo a bien titular una de ellas como «Ansiedad». Recuerdo que, cuando la descubrí, yo misma me empeñé en incluirla en el *free tour*. Es una escultura en la que una madre de familia humilde da cobijo a tres hijos mientras observa el horizonte. Uno de los hijos porta un pescado; todos están descalzos y visten ropa sencilla, modesta. Un retrato de la angustia que conllevaba la espera a que el padre de familia regresase del mar.

Finalmente, nos acercamos hasta el puerto y Julia propuso tomar un barco a Cangas y continuar el día al otro lado de la ría; a mí me pareció un planazo y Claudia también se sumó a la propuesta, Belén no llegó a contestar e Irene echó el plan abajo. Alegó que no teníamos ropa de abrigo, que después íbamos a tener frío, que no tenía resaca, pero tampoco cuerpo como para ir en barco, y que ya lo haríamos cualquier otro día, que, total, era un plan mucho más barato que el del *brunch* que acabábamos de pagar.

Eso era cierto. Navegar en transporte público para cruzar la ría de Vigo hasta Cangas o hasta Moaña es una opción de ocio que infravaloramos en esta ciudad; solo nos acordamos del barco cuando nos hace falta, pero zarpar por placer, por disfrutar de la travesía, ya nos aporta más que una caña en una terraza. Si hace buen tiempo, claro. Hacerlo con tormenta es posible que elimine las ganas para siempre, y, después, ni por necesidad.

El paseo sin rumbo nos acaba llevando al Casco Vello. Ya no es la hora del aperitivo y la gente comienza a ocupar las mesas para pedir de comer. Nosotras estamos llenas. Debatimos un rato sobre si es mejor o peor hora para empezar a pedir copas, e Irene insiste en que comamos algo más si vamos a beber, para hacer estómago. No podemos. Así que nos sentamos dispuestas a establecer el concepto de sobremesa de *brunch*, que no dista mucho de una sobremesa cualquiera, pero nos hace gracia llevarla a cabo saltándonos la comida.

Un camarero se acerca a tomarnos nota y dice que sin reserva está complicado, que a ver qué puede hacer. Regresa convencido de que nos hace el favor de nuestra vida al atendernos, pero cuando finalmente pedimos niega con la cabeza. Que no, que no podemos pedir copas en ese momento, que están en horario de comidas y que las mesas son para las personas que quieran pedir algo de la carta, que podemos volver más tarde, en un par de horas, y entonces sí, cafés, copas y lo que queramos. Claudia asiente con la cabeza a su discurso y, cuando el camarero se marcha, nos dice que es normal y nos pide que lo entendamos. Yo miro a Irene y le pido que se calme. Julia se ríe, y Belén pregunta qué hacemos.

Zanjamos la improvisación, porque en algún momento pasó a ser un imposible, y caminamos hasta A Mina; sabemos que cerrará en un par de horas y que no podremos pasar allí la tarde, pero por ahora nos soluciona la papeleta. Además, nos vale a todas. Ale nos recibe con una sonrisa y un abrazo y nos escucha atentamente mientras nos quejamos de las experiencias anteriores. Después, como la amiga que es, nos pregunta por la noche de ayer.

En la mesa de al lado, un labrador y un boyero de Berna consiguen que veamos a Belén sonreír por primera vez en mucho tiempo. Conocemos a sus dueñas, son tan habituales como nosotras. No sabemos sus nombres, pero nos reconocemos como parte de la misma comunidad. Las acompaña una chica con rastas que también es habitual, quien les cuenta con pelos y señales sus últimas aventuras sentimentales, y nosotras no podemos evitar poner la oreja y sumarnos a las risas.

Irene no perdona y aprovecha la guasa para preguntarme, de manera disimulada y sutil, cuándo pretendo hacerme el test. Yo me hago la sorda y me sigo riendo, pero es verdad que debería ponerme una fecha límite y actuar en consecuencia. El caso es que soy la reina de la procrastinación.

Procrastinar es un arte en el que yo invierto horas a conciencia. Cualquiera es capaz de hacerlo con Netflix desde el sofá. Yo he perfeccionado la técnica de manera proporcional a mi carga de trabajo. Me creo que veo Booking para viajar de verdad; cuando veo algún alojamiento que me encanta, aunque no me lo pueda pagar ni tenga días de vacaciones suficientes para disfrutarlo, busco fechas disponibles. Una vez tengo claro el destino, busco la manera de llegar hasta allí, esté donde esté, en cualquier lugar del mundo. Mientras localizo cómo, me cruzo con aviones a precios asequibles a otros destinos. Entonces vuelvo a empezar, pero a la inversa: busco alojamientos en esos destinos. Hago hasta capturas de pantalla a los trayectos para poder volver a ellos si finalmente me animo. Marco como favoritos los hoteles, también estén donde estén. Por si algún día, por lo que sea, me pillan de paso, para acercarme. Siempre acaba llegando un momento de lucidez en el que asumo que no podré irme a Islandia la próxima semana ni a Marruecos en un par de días ni a ningún sitio. Entonces, creyendo que lo hago desde una perspectiva más realista, establezco un límite de precio máximo por noche y trato de buscar alojamientos cercanos en el mapa. Por Galicia o por el norte de Portugal. Tampoco iré, pero me los guardo en favoritos con más ilusión. Con la certeza de que a esos sí que puedo acercarme en cualquier momento, aunque después nunca lo haga.

También me descubro escrutando webs inmobiliarias, como si fuese posible mudarme en cualquier momento a un chalet y fuese necesario dedicar tiempo a elegirlo con esmero. Me guardo los que me interesan y repaso cada semana cuáles siguen ahí. A veces incluso me apena ver que alguna propiedad ya no será mía porque se ha vendido; me meto en el papel hasta el final.

Otras veces, invierto horas y horas en aplicaciones de ropa y artículos de segunda mano. En realidad, ahí está casi cualquier cosa que puedas necesitar. Ahí está incluso lo que aún no sabes que necesitas. La gente vende de todo; muchas veces, a precios tan asequibles que cuesta resistirse. A mí me basta con marcar artículos como deseados. Me pasa lo mismo en las webs de tiendas de ropa: añado y añado artículos a la cesta y, después, cierro la pestaña.

Soy capaz de enredarme con absolutamente cualquier cosa, por eso no negaré que, aunque no tenga pensado hacerme el test de embarazo, ya he estado viendo cunas. Y biberones. Quizá he echado una ojeada también a juguetes infantiles. Es posible incluso que haya prescindido de algunas horas de sueño viendo entrevistas, escuchando testimonios de mujeres que creían no estar embarazadas y, de repente, ¡oh, sorpresa! Todas cuentan que en el momento fue un susto enorme, pero que ahora son felices.

Supongo que, pase lo que pase, estoy decidiendo renunciar al posible bebé en el momento en que disfruto de este Aperol o ayer, cuando me bebía el agua de los floreros. Entiendo que no me estoy comportando como para que, si hay algo en mi útero, crezca sano. Y supongo que, si me hago el maldito test y salen dos rayitas, tendré que empezar un proceso bastante desagradable.

También es posible que piense en la maternidad como tal. Yo sí quiero ser madre, pero como Sergio, después. Sí, soy una mujer, tengo treinta y dos años y el después real es un periodo de tiempo muy corto. No me he planteado aún cuándo, ni si sola o con alguien. No sé. Ya lo pensaré. Pero es que, ahora mismo, yo me tomaría mi positivo, en caso de que así fuese, como un embarazo adolescente. Y sí, está casi más cerca de ser un embarazo de riesgo por edad.

La conversación y las rondas avanzan y llega la hora de movernos. Esto cierra. Claudia dice que se va con Pablo, que ella quiere ir en barco a Cangas y enseñarle la ría. Julia que se mueve a casa de la morra y que por ella hoy se sale también. Belén dice que se lo pensará, pero que ahora quiere irse a descansar, que no ha dormido mucho. E Irene que sí, que ella sale, pero que, como no le apetece irse a casa, si la acojo, se viene a la mía. Nos despedimos de las demás, y yo hago acopio de excusas para no pasar por una farmacia, que la veo venir.

26

Siempre hay algo más
que a simple vista no se ve

Julia

Tal vez lo de mudarme con la morra no sea tan mala opción. Sería más libre y quizá también sería divertido. No sé. También supondría regresar al antiguo barrio en el que vivía con Sergio, con la posibilidad de cruzármelo por la calle en cualquier momento y en cualquier situación pudiendo ir acompañada o con la posibilidad de que sea él quien vaya con alguien. No estaría cómoda, creo. Tengo que darle un par de vueltas más al asunto.

Antes de alcanzar el portal de Emilia, me detengo en el supermercado. Ayer me cuidó, me dio de comer y de beber, y hoy vuelvo a su casa. No puedo presentarme con las manos vacías. Voy a llenarle la nevera de cerveza y no creo que encuentre un mezcal, pero tal vez sí haya un buen tequila.

Observo a una pareja delante de la estantería de chocolates; discuten, divertidos, cuál comprar. Ella mete uno al carro; él espera a que se dé la vuelta y lo intercambia por otro. Se ríen, se abrazan, juegan. Se los ve cómplices. Me pregunto si estarán empezando. Supongo que al menos, por su manera de hacer la compra, viven juntos. Me quedo embobada siguiendo su recorrido con la mirada. Se desean, se les nota. Pero también se ve que se quieren. Cuidar a otra persona es un gesto delicado, se aprecia en los detalles. Se aprecia en cómo se hablan, en cómo discuten. Su inocencia me despierta ternura, pero también siento envidia al verlos. Me pregunto si Sergio y yo éramos así. Si seguíamos siendo así después de tantos años.

Siempre hacíamos la compra en este supermercado. Hay otro más cercano, pero este tiene mejores precios y nos gustaba más. Trato de hacer memoria de cuándo fue la última vez que vinimos juntos; la rutina camufla todas las últimas veces. Él pasaba por aquí al salir de trabajar y siempre se encargaba de comprar lo que hiciese falta. ¿Cuándo fue la última vez que le acompañé?, ¿cuándo fue la última vez que jugamos a aquello de improvisar una cena con las cinco cosas que fuésemos capaces de meter en el carro en un minuto? Es horrible mi memoria luchando contra el tiempo. O quizá no es el tiempo y son solo las ganas de olvidar. La fuerza que hace mi cabeza para no devolverme a momentos felices, para que me mantenga firme en mi decisión de priorizarme.

Mientras me debato entre las botellas de tequila pensando en cuál será la mejor opción para regalar a alguien que controla realmente del tema, noto un brazo que se desliza por mi cintura y una mano que me pellizca cariñosamente el costado. Cierro los ojos un segundo de manera involuntaria y tiemblo. Tengo claro qué cara voy a tener delante al abrirlos y no sé cómo reaccionar. Estoy paralizada.

Es Sergio quien se empeña en hacer cómodo el encuentro y, por supuesto, lo consigue. No me pregunta qué hago aquí, no. Me pregunta directamente si voy a visitar a Emilia; me ofrece ya una respuesta hecha por si acaso no fuese así y no quiero dar detalles. Lo hace fácil. También me pregunta cómo estoy, cómo llevo el MBA y qué tal ha ido el cumpleaños de Sofía. Me cuenta que comió con ella. No cuestiona si sigo en casa de mis padres, no insiste cuando le respondo que estoy bien, aunque él sabe perfectamente leerme la mirada, y me cuenta que esta semana ha tenido que doblar turno en la farmacia porque su jefa está de vacaciones. ¿Cómo es capaz de manejar así la situación? Siempre ha sido un tío increíble, la verdad. No nos separamos demasiado, hablamos a pocos centímetros de manera agradable, aunque estemos invadiendo nuestro espacio personal, y, cuando se agotan los temas banales, se despide de forma cariñosa con un beso, un abrazo y un pellizco en la mejilla.

Se marcha y yo me quedo aquí, paralizada. Procesando ese pellizco en la mejilla y el anterior en el costado. Envuelta en su olor, sintiendo aún el abrazo. Todavía no me he movido cuando regresa para decirme si me apetece pasarme un día por la que fue nuestra casa; sin ningún tipo de compromiso, dice. Solo si me resultase cómodo y agradable, para charlar un rato con calma. Y yo no puedo pensar ahora mismo si me apetece o si estaré cómoda o si seré capaz de cruzar de nuevo esa puerta, pero le digo que sí, que diga un día y una hora y allí estaré. Y a la pregunta de qué me parece el martes a las siete también le digo que sí, que bien. Vuelve a despedirse con un abrazo, me agarra de nuevo la mejilla y se marcha de verdad.

Mis pies pesan ahora dos toneladas, y el supermercado entero se ha quedado congelado. ¿Qué coño he hecho? ¿Qué pinto yo ahora en su casa? En nuestra casa. ¿Para qué? ¿Charlar un rato? ¿Y qué nos vamos a contar, que ha sido un verano de mierda? Me lo tengo que pensar, siempre puedo enviarle un mensaje y declinar la invitación con una excusa, aunque él sepa reconocer perfectamente que lo es. Lo entenderá.

Deshacer la intimidad no es un proceso sencillo, sino todo lo contrario. Más complicado resulta aún deshacerla a la vez, cumpliendo con los mismos plazos, gestionando por igual los tiempos. De repente, un gesto espontáneo de cariño, como un pellizo, resulta violento. No, tal vez no violento, pero impacta. ¿Y el beso? Sí, en la mejilla, pero muy natural.

En algún momento, los silencios cómodos dejan de serlo. Para esto ni siquiera hace falta que se haya dado por finalizada la relación. Si se alarga y no se recupera, es solo una alarma más que indica que hay que valorar la decisión. La paz mental de compartir espacio con una persona con la que tienes intimidad muta en angustia, en tormento, en ese diálogo interno que te recuerda los motivos, si los sabes, o que te bombardea una y otra vez con el eterno por qué, con que qué está pasando, con que hay algo que se te escapa.

Todo lo habitual comienza a resultar extraño cuando deja de sostenerlo la intimidad. Sin ella, la relación pierde los cimientos y solo es cuestión de tiempo que empiece a desmoronarse. La intimidad se deshace al descuidarla; no siempre tiene que ser algo intencionado. Se pierde, y encontrarla no es solo cuestión de buscarla de nuevo. Nunca se recupera igual. Siempre queda una sombra del instante en el que faltó, una mancha que señala que, en algún momento, alguien la descuidó o no la valoró lo suficiente. Cuando se va únicamente por una de las partes y no es algo mutuo, lo que queda es muchísimo espacio para la imaginación. Y la intimidad es amiga, pero la imaginación es tan traicionera como inabarcable.

Vuelvo a los tequilas y elijo el caro por el viejo truco de marketing de que, cuanto más elevado es el precio, más lo es también la calidad. No conozco la marca, pero confío en que la morra sepa identificarla. Necesito llegar cuanto antes a su casa y explicarle lo que acaba de pasar, a ver si así consigo entenderlo yo. ¿Ella no se encuentra nunca con Sergio en el súper? ¿Por qué no me ha comentado nada? Nunca había dado por hecho que tiene que ser muy habitual que se crucen por el barrio. ¿Cómo no había pensado en ello antes? Tengo que hablar con ella.

Lleno la cesta con toda la cerveza que me creo capaz de cargar y me hago también con unas aceitunas y un par de cuñas de queso; hay gente que entiende la vida sin aceitunas, pero desde luego yo no pertenezco a ese sector de la población. Envío un audio a Emilia anunciando que llego en cinco minutos y que tengo algo muy fuerte que contarle, que vaya abriendo la puerta.

27

Si aquí nunca nieva, aquí solo llueve

CLAUDIA

Vigo no se ve especialmente bonita desde este lado de la ría. Es una ciudad en cuesta, que desciende desde las colinas y que mira al mar; desde allí, el desnivel se aprovecha con increíbles miradores hacia el Atlántico y las islas Cíes, pero, desde aquí, mirándola de frente en esa primera imagen que tienen también los turistas que llegan en crucero..., la verdad es que parece que a un gigante se le fueron cayendo las edificaciones de los bolsillos y que las acomodó como pudo, sin ton ni son.

Aprovecho para preguntarle si le gustaría vivir aquí, en Vigo. No me dice que no, pero tampoco que sí; aprende de los gallegos a pasos agigantados, la verdad. Me habla del trabajo, de lo imposible de moverse ahora. Le aseguro que hablo a largo plazo sobre la posibilidad de hipotecarnos algún día. Pero Pablo no ve la hipoteca tan lejos; ni en espacio ni en tiempo. Ni tan lejos de Madrid ni tan lejos del ahora, de este presente. Asegura que sus padres nos ayudarán, que hay un fondo familiar pensado para eso y que hay otro para la boda. De no usarlo, se acumula y... ¡Piso en Madrid tan asequible como en Vigo!

Decido dejar el tema porque no me gusta por dónde va. Vuelvo a explicarle a Pablo que eso que ve, lo que parece una torre de control de aeropuerto en mitad de los edificios vigueses, es realmente el ayuntamiento. Fue tal adefesio ya en el momento de su construcción que ningún arquitecto quiso firmar con su nombre en exclusiva las obras del proyecto, que implicaba además destruir una parte del histórico castillo de San Sebastián. Eran cosas que pasaban en los años setenta, pero que más de medio siglo después siguen sin corregirse.

Paseamos por el puerto de Cangas hasta llegar a la vieja fábrica de Massó y le propongo continuar el paseo hasta alcanzar las playas. Le cuento lo mal que vemos a Belén, comparto con él el miedo que me da imaginarme a Irene organizando mi despedida, le explico el punto en el que está Julia y confieso por qué ella se sentía más cómoda si él no estaba. Le comento que a Sofía hace meses que no le baja la regla. Él atiende a la conversación y se interesa por las historias de mis amigas, siempre lo hace. Pasarán unos días y se acordará, me preguntará cómo avanzan. No se molesta por que Julia haya preferido que él no se acercase a nuestra quedada, y, si yo no le hubiese contado el motivo, tampoco le parecería mal.

Caigo en que eso al revés no pasa. Pablo nunca me cuenta nada de sus amigos. Sé quiénes se casan, sí. También sé quiénes van a tener un bebé y quiénes se han comprado un piso, claro. También me avisa cuando alguno cambia de trabajo. Pero, si lo pienso un poco, sus amigos nunca están tristes, nunca están incómodos, nunca tienen ansiedad o nunca tienen ilusión por ningún detalle pequeño, concreto, especial. Sus amigos nunca le han pedido que yo no me sume a un plan, ¿o sí? ¿Es que Pablo no me lo cuenta a mí o es que él y sus amigos no se cuentan sus cosas? ¿Soy yo la que habla de más con su pareja y traiciona así la confianza de sus amigas?

Me observa y me pide que piense en alto, y yo vomito todo lo que se me está pasando por la cabeza. Me pide que pare y me explica que él no suele hablar con sus amigos en profundidad, que no le dan tantas vueltas a las cosas, dice. Que supone que sí, que lo pasarán mal en algún momento, como todo el mundo, pero que no son muy dados a hablar de sentimientos. Me pide que recuerde lo que le costó a él hacerlo conmigo. Y vaya si lo recuerdo; casi me rindo antes de conseguirlo.

Alcanzamos el chiringuito de la playa de Areamilla y nos decidimos a tomar algo antes de regresar. Le cuento que mi madre me descubrió este paseo, que ella, con su pandilla de amigas, monta una excursión todos los veranos en la que hacen todo el recorrido y, al llegar a la última playa, se montan un pícnic.

—Me ha gustado mucho compartir ratitos con tu madre ayer y hoy. He intentado ayudarla con un par de cosas, pero es muy independiente.

—No lo era, de hecho, no hacía nada sin mi padre, pero supongo que no le quedó otra que acostumbrarse. Cuando consiguió salir a flote después de todo lo que pasó, hizo amigas y se convirtió en una mujer nueva. Le costó un tiempo, pero fue capaz de sacarnos adelante.

—Tuvo que ser complicado, Clau. Para ella y para vosotros. Perder a un padre en un segundo es algo de lo que no llegas a recuperarte del todo, supongo.

—Al principio nos culpaba, a mi hermano y a mí, digo. Decía que seguro que íbamos discutiendo en el coche, que seguro que le habíamos despistado con nuestros gritos y que por eso habíamos tenido el accidente. He intentado olvidar muchas veces aquellas broncas en las que nos hacía responsables, pero sigo escuchando esas frases nítidas en mi cabeza. Después, en algún momento, se convenció de que no había sido así y comenzó a pedirnos perdón y a dar gracias por que nosotros hubiésemos sobrevivido. Éramos muy pequeños, pero creo que mi hermano y yo jamás hemos vuelto a discutir desde aquel momento; tampoco lo habíamos hecho aquel día, pero por si acaso.

Pablo me abraza y a mí se me escapa una lágrima. Creo que todavía cargo con la culpa del accidente, aunque soy consciente de que no tengo nada que ver. Supongo que simplemente no querría haber estado allí. Nunca he hablado del tema con mi hermano. Él vive en A Coruña, pero hace años que solo nos vemos en casa por Navidad. Alguna vez aprovecha sus viajes a Madrid para hacernos una visita, pero es verdad que a Vigo apenas viene. Su relación con nuestra madre es distante; se quieren, pero no se necesitan. Mamá siempre se ha apoyado más en mí y en la abuela, aunque, como dice Pablo, se las apaña muy bien sola.

Pienso en qué pasará cuando falte la abuela, en cómo va a ser su final. Acaba de cumplir ochenta y seis años y sigue viviendo sola, pero es verdad que ya no escucha y que ahora es mi madre quien le cocina y le hace la compra. Dice que no tardará mucho en llevársela a vivir con ella y que el piso de la abuela quedará entonces para nosotros, para que hagamos con él lo que queramos. Ojalá tardemos un tiempo en tener que tomar esa decisión; ojalá la abuela siga en su casa luchando contra el reloj. De hecho, deberíamos ir a visitarla antes de marcharnos. Tendremos que madrugar, que ella los domingos sigue yendo a misa.

—Me gusta mucho esto, Claudia. Quizá en unos años sí que podamos plantearnos eso de venirnos a vivir al paraíso. Supongo que basta con traer a mis padres por aquí alguna vez para que lo entiendan.

—Me encantaría que pudieras conocer la casa en la que vivíamos antes. Está como hacia allí, a una media hora de Vigo, en la playa de Panxón. ¿Te acuerdas de que te la enseñé el año pasado?

—La playa sí. Tu casa no, ¿no?

—No, me duele todavía volver por allí. Cuando fue lo de mi padre, nos trasladamos al piso de Vigo y mi madre acabó vendiendo la casa. Siempre decía que le pesaban demasiado los recuerdos. Ojalá poder volver a comprarla algún día. Yo creo que podría conseguir ser feliz de nuevo allí.

—Bueno, yo creo que si nos planteásemos vivir aquí en serio yo preferiría la ciudad, pero podemos comprarla para ir en verano. ¿Te parece?

—¡Claro! Como seremos millonarios… ¡Anda ya, Pablo! Con lo que nos vamos a gastar en la boda, como para pensar en comprar ya no una, sino dos viviendas. Deja la cerveza, que se te está subiendo a la cabeza…

La boda; es que ni siquiera hemos decidido dónde nos vamos a casar. No voy a meter presión con el tema, pero… Creo que, después de este fin de semana por aquí, Galicia gana puntos. Además, aquí tiene que ser más barato. Y a su familia seguro que le gusta eso de comer marisco y pasar unos días al lado del mar. Mañana tenemos casi seis horas de coche para volver a Madrid, antes o después tendrá que salir el tema. Y también el del piso, que mucho estamos tardando y no cambiará por mucho que nos esforcemos en posponerlo.

28

Se me hace largo el viaje
para esta conversación

SOFÍA

Irene pasa la tarde en mi sofá después de ofrecerse muchas veces para recogerme y ordenarme la casa; dice que tampoco le importa pasar un poco la fregona. No vuelve a mencionar lo del test de embarazo. No hace falta. Yo sé que habla con el tema en la punta de la lengua, midiendo, pisando el freno, cosiéndose la boca por momentos para que no se le escape. Ella sabe que lo sé. Valoro su esfuerzo en no insistir o en hacerlo en silencio. También sé que me juzga por beber, pero es ella quien se levanta a por el abridor y me acerca la cerveza.

En todas las relaciones se establecen roles; siempre hay una de las personas que cuida mientras la otra se deja cuidar; una que impone un poco más mientras la otra cede, una que señala el camino para otra que adapta el paso. Siempre. Irene, además de ser una persona recta, ordenada, controladora y autoritaria, es una persona buena. Sus límites son inamovibles, pero hasta la norma más férrea se vuelve permeable si hay que tirarla abajo por una amiga.

144

Me gusta que Irene sea así; es necesario tener a alguien en tu vida capaz de apretar fuerte la mano en cualquier situación, dispuesta a adelantarse, a sacar el paraguas cuando tú todavía no ves ni las nubes. La tarde avanza y nos ponemos un poco al día en profundidad. El verano ha pasado y, entre planes y compromisos, apenas nos hemos visto.

Me cuenta todo lo que tiene pensado para la despedida de Claudia; todas, sin haber cruzado palabra sobre el tema, lo hemos dejado en sus manos. Con confianza ciega, porque sabemos que lo hará bien, y con la certeza absoluta de que sería imposible hacerlo de otra manera que no fuese la suya, así que ya ni siquiera lo intentamos. Me asegura que será *low cost* pero bien, con el brillo y la elegancia suficientes para impresionar a la novia; algo glamuroso que podrá comentar sin pasar vergüenza con sus círculos de amistades en Madrid. A mí, me vale; lo que quiero ver es cómo va a conseguir Irene cuadrar las fechas de todas para encontrar un fin de semana viable en los próximos meses.

Le pregunto si cree que seremos la mesa de solteras o si llegará la boda e iremos acompañadas, y ella me transporta en un momento a cinco años atrás, cuando todas menos Belén teníamos pareja e hicimos aquella cena ridícula para que nuestros novios se conocieran y se hicieran amigos. Nos reímos recordando la ingenuidad de aquellos «para siempre» y acabamos prometiendo que a la boda, sea cual sea nuestra situación, iremos solas; las niñas, las amigas de la novia, ya son suficiente responsabilidad como para estar pendiente de nada más. Así, si volvemos a cometer el error de equivocarnos pensando que algo durará, no quedarán documentos gráficos que destruir de un día tan especial. Si la cosa no acaba bien, tener que recortar a una expareja de una foto de boda de alguien importante siempre es una faena; genera culpa, la de haberle otorgado a alguien una posición, un lugar, que no merecía.

Pactamos que iremos solas en nombre de las cuatro, aunque todavía tengamos que comentarlo con dos. Le ponemos una vía de escape a la promesa de Julia por si llegase a volver con Sergio, porque Sergio es una más, y al llegar a Belén nos detenemos a hacer autocrítica como amigas que no están dando la talla. Está hecha polvo por Ángel, y la estamos dejando caer. Nos exculpamos comentando el poco tiempo que tenemos, todas las cosas que nos oculta de esa relación y el hecho de que no pida ayuda y volvemos a la actitud pasiva de esperar el golpe final para remangarnos a recoger los restos del desastre.

Irene habla sentada a mi lado, en el sofá, pero por momentos se levanta y se pone a recoger cosas mientras mantiene la conversación. Lo hace de manera natural mientras cotillea esto o aquello pretendiendo que yo siga el hilo de sus palabras y no la interrumpa ni destape su poco trabajada manera de disimular. Yo me río mientras la observo y la dejo hacer. A ella le incomoda mi desorden, a mí no.

La tarde avanza, y a eso de las ocho decide marcharse, no sin antes tratar de convencerme por enésima vez para que me anime a salir con ellas. Usa el argumento de que me vendrá bien distraerme. Trata de comprarme insistiendo en que Julia nos necesita, alega que cree que la morra también tiene algo que contarnos y, al final, a la desesperada, anuncia que quizá es posible que salga Pedro, el chico que le gusta de la clínica y que necesita nuestro visto bueno. Le digo que no cuela, que sé que Pedro no vive en la ciudad, que la escucho cuando habla, aunque crea que no es así, y que, hoy, mi no es inamovible. Que estoy agotada. Ella se queda observando mi barriga tratando de localizar un crecimiento que justifique mi cansancio, y a mi negativa con la cabeza añado que además voy a terminar de recoger y a limpiar mi casa. No lo haré, pero sirve para convencerla.

Cuando se va, me pongo cómoda; me quito el sujetador y los pantalones y, ya en bragas, me hago con un bol de palomitas y una lata de refresco, me acerco una mantita porque a estas alturas ya refresca y me acomodo en el sofá dispuesta a perder los próximos minutos tratando de escoger una película antes de darme por vencida y aceptar la primera opción que me ofrece la plataforma por la imposibilidad de descartar ante la excesiva oferta. Supongo que no es el plan que imaginaba para un sábado noche en la treintena, con mis amigas en la ciudad y un par de ofertas para sexo sin compromiso esperando respuesta en WhatsApp. Sin compromiso conmigo, por supuesto, porque ambos tienen pareja. Yo ayer ya socialicé demasiado y hoy no me apetece. Estoy cansada, como sin batería, y a esta edad empiezo a entender la importancia del tiempo para mí. Además, no tengo dinero. Esto también es una forma de ahorrar.

Llevo todo el día pasando del móvil y, ahora que lo cojo para enviar un mensaje a las niñas y decirles que disfruten de esta noche, las notificaciones echan humo. Cuando te dedicas a las redes sociales, pestañear aún con el teléfono en la mano es una falta de atención. Despegarse una jornada entera de este aparato del demonio debería de entenderse como el día de descanso que se supone que tiene que ser un sábado, pero internet no descansa. Siempre está pasando algo y siempre puede afectarte. Internet eliminó las distancias y los tiempos, convirtió la teoría del efecto mariposa en una consigna vital.

Un conocido creador de contenido la ha liado en una noche de fiesta con amigos. Se ha filtrado un vídeo suyo en el que, rodeado de unga-ungas, encadena chistes machistas, homófobos y racistas alentado por sus secuaces. Tiene más de dos millones de seguidores y colabora habitualmente con numerosas marcas y empresas a nivel nacional. Es vigués, así que, por proximidad, mis alertas saltan mucho más que las de cualquier *community manager* de Murcia, por ejemplo. Aunque seguro que allí también se han enterado. Esto ha pasado hace dos horas y a mí me está comiendo la ansiedad.

De primeras, no me suena que ninguno de los clientes con los que trabajo habitualmente haya colaborado con este chaval, porque el vídeo es de hoy, pero tampoco es que sorprenda demasiado. Es una de esas personas que, aun sin quererlo, camina con las largas, las antiniebla y las luces de emergencia encendidas. Se le veía venir de lejos.

Compruebo que, efectivamente, mi trabajo no está relacionado con esta persona de ninguna manera. Reviso también sus redes sociales; el tipo encadena disculpas alegando que todo está sacado de contexto y que el vídeo forma parte de su vida privada. Lo de tener vida privada cuando vives precisamente de exponer tu vida me da para un tratado que no voy a desarrollar ahora. Tengo que recorrer su perfil en todas las plataformas de contenido, no vaya a ser que sea consumidor de alguno de los productos de mis clientes y estos se vean salpicados de refilón por algo en lo que no tienen nada que ver. Que a veces pasa.

Reviso también todos los perfiles de mis clientes, porque, aunque tengo acceso a todas sus cuentas, no soy la única, por desgracia. Ellos también pueden manejarlas y, aunque insisto en que no lo hagan, a veces se vienen arriba queriendo comentar cualquier opinión personal. Creen que solo lo verá gente de su círculo cercano y que lo interpretarán con cariño, pero meten la pata.

El caso es que, después de entrar y salir varias veces de todo lo que podría relacionarse con mi trabajo, respiro tranquila. Hemos esquivado esta bala. Por ahora. Para mantener la fiesta en paz, redacto un breve correo informando de la situación y lo envío a todos mis clientes. Les pido encarecidamente que se abstengan de la polémica. En todo, tanto en sus redes profesionales como en las personales. Y que si alguien les pregunta su opinión, insisto, no hagan ninguna declaración.

Pasados cinco minutos nadie ha contestado al correo, y, como la paciencia no es una de mis virtudes y el sobrepensamiento de todo lo que podría pasar si no llegan a leerlo acecha, me anticipo. Copio el texto del correo en WhatsApp y se lo hago llegar añadiendo una última línea en negrita que exige, de buenas maneras, que por favor confirmen que lo han entendido.

El grupo con las compañeras de sector echa humo. A dos les ha tocado de lleno; acababan de colaborar con el creador de contenido en un par de campañas, ambas esta misma semana. A otra le ha pillado en medio de una colaboración ya grabada que aún está sin publicar. Están desbordadas porque, en redes, posicionarse es urgente. Hay un lado bueno y un lado malo cuando se cancela a una persona: o te sumas a la masa que lo condena, o, de no hacerlo, pasas automáticamente a estar en la lista de las personas o empresas que apoya la causa que, obligatoriamente, hay que censurar. Aunque nada tenga que ver contigo. La abstención, la indiferencia o la imparcialidad ante un tema de actualidad, a veces, se paga cara. Muy muy lejos te tiene que pillar para que puedas escurrir el bulto sin sufrir las consecuencias, como a mí esta noche. Por los pelos, pero de esta me libro. Y menos mal.

DOMINGO

29

Tan normal y tan extraña

IRENE

Con medio ojo abierto hago valoración de daños y certifico que efectivamente no hay rastro de resaca, así que mi primer pensamiento es agradecer el milagro del vasito de agua intercalado con cada copa. De repente me asalta el recuerdo, pero no puede ser. ¿O sí? Me incorporo y hago un esfuerzo por hacer memoria y separar entre lo que acabo de soñar mientras dormía y lo que pasó la noche de ayer. Me doy cuenta de que no tengo ni la más remota idea de qué ha pasado en mis sueños, pero que sí tengo claro lo que vi. Vamos que si lo tengo claro. Madre mía.

Es que antes o después tenía que pasar. Lo que no me esperaba ni remotamente es que pasase tan pronto, y menos ayer. Si dedicamos las primeras horas de la noche a consolarla… Si todo era un drama porque se había cruzado con Sergio y porque le había dicho sí a volver a verle en su casa… Si estaba nerviosa por si pasaba algo… Y, después, después escuchamos el drama de Emilia y jugamos a eso de motivos por los que brindar. Brindamos, brindamos y brindamos hasta certificar que no estamos capacitadas para sostener a tragos nuestra suerte. Cantamos, bailamos, y es que sí, Julia se fue con alguien.

Repaso de nuevo cada segundo de la noche tratando de entender cómo pasó, pero es que pasó. Vale que Julia cambió el chip en cuanto dejó de llorar por Sergio; es posible que estuviese hasta un poco ofrecida, o no. No lo sé porque nunca la había visto queriendo ligar; después de una vida en pareja, no creo ni que ella sepa exactamente cómo hacerlo de manera consciente, qué actitud tomar o cómo comportarse. El caso es que lo hizo, porque hay por ahí un par de rondas a las que nos invitaron gracias a ella. Pero ¿y este chico? ¿Quién era? ¿De dónde salió? ¿Y cómo narices hizo para convencer a mi amiga de que se fuese con él? Porque de repente se estaban comiendo la boca contra una pared, y lo siguiente que pasó es que Julia vino a despedirse con un «me voy con él» antes de desaparecer. No logramos reaccionar ni para preguntar adónde, la verdad.

Pienso en si Julia habrá avisado a sus padres de que no dormiría en casa. Quizá tengo que avisar a Sofía, seguro que ella es su coartada. O quizá es Claudia, porque es el fin de semana que está aquí, o Belén por su casa nueva, o incluso yo misma. Tengo que avisar a las niñas de que la cubran si les escribe su madre. Tenemos treinta y dos años, pero la madre de Julia es así, y, desde que ella ha vuelto a vivir con ella, más. La ronda siempre empieza si no durmió en casa sin avisar, o si lo hizo pero la excusa no era convincente, o si lo era pero su madre quiere hablar con ella igualmente, y Julia, que estará ocupada, no contesta. Primero nos escribirá a todas y si no respondemos en el tiempo que estime oportuno, que en ocasiones ha sido cuestión de horas y en otras ha sido cosa de quince minutos, llamará a los hospitales. Supongo que hay que ser madre para entenderlo, pero yo, que soy siempre la que se pone en lo peor, no le llego a los talones a la madre de Julia. Lo suyo es enfermizo.

> No manches! Qué onda con Julia, *wey*?
> A poco sigue en casa del galancito!
> Le he escrito, pero no responde
> Sabes si avisó a su mamá? Ya te contó
> algo a ti?

Definitivamente, no he soñado nada. La morra ha amanecido igual que yo.

Me gusta Emilia, me cae bien, es buena. He envidiado su vida en muchas ocasiones; en España un par de años para su MBA, a gastos pagados, con su novio esperándola para casarse y formar una familia, sin pensar nunca, jamás, en el dinero… Cuando alguien no piensa en lo que cuestan las cosas es porque su precio nunca ha sido un problema. Supongo que todo resulta más sencillo así. Julia y Emilia tienen clases en la Escuela de Negocios los viernes por la tarde y los sábados por la mañana. Está pensado así para que, quienes estudian esa maestría —que es como ella lo llama—, puedan compaginarla con su trabajo.

Pero la morra no, ella no necesita compaginar nada. De lunes a jueves, habitualmente, viaja; a veces son escapadas cercanas, otras recibe visitas de amigas o es ella quien se desplaza a visitarlas. Emilia tiene amigas por toda Europa. Tiene incluso a un par de ellas en Australia. Son también mexicanas desplazadas, algunas estudian, otras están trabajando y más de una se está dedicando, simplemente, a viajar.

He pensado mucho en la morra y sus amigas; en su estilo de vida, en los bolsos que usan, la ropa que se ponen, los restaurantes que visitan y los destinos que coleccionan. Cuando alguna de ellas está en Vigo y Emilia la suma a nuestros planes, es siempre la misma historia: todas acumulan anécdotas similares, en diferentes ciudades, viajes, eventos, encuentros… Siempre el último modelo de iPhone, los Dyson como secadores de viaje... Yo comparo, claro. Me pregunto cómo habríamos sido nosotras en su situación, qué personas seríamos si hubiésemos crecido así, con un cheque ilimitado bajo el brazo, con la oportunidad de elegir y de decidir sin pensar jamás en términos económicos. En qué clase de mujeres nos habríamos convertido si siempre hubiésemos vivido con personas a nuestro servicio, con la sensación de que todo es gratis o, al menos, asequible.

No es lo mismo cuando esto sucede siendo adultas; nosotras ya hemos tenido que aprender a valorar el dinero. Si ahora de improviso hubiese millones en mi cuenta corriente, sin duda viviría de otra manera. Supongo que incluso cambiaría mi forma de ser, pero no sería como la morra y sus amigas. Ellas gastan dinero desde la absoluta naturalidad, sin ser conscientes del todo de que lo hacen. Nosotras nunca nos habíamos relacionado con nadie que estuviese tantas clases sociales por encima, de un mundo tan diferente. Tampoco habría querido hacerlo si me lo hubiesen propuesto. No, desde luego que no; habría sido pretencioso e innecesario, puro esnobismo. Pero surgió de manera natural, descubrimos a la morra y aprendí que hay personas que también pueden ser maravillosas pese a poder nadar entre billetes.

Cuando nos hicimos amigas y conocimos bien todas sus posibilidades, que no eran otra cosa que oportunidades, envidié su libertad. La falta de dinero limita, cohíbe, oprime. Casi todo se compra con dinero. Ella puede vestir como quiera, comer donde quiera, estudiar lo que quiera, viajar donde quiera... Siempre había pensado que esto era sinónimo de que podía vivir como quisiera y construirse a sí misma, hasta ayer.

Hacerse mayor resulta frustrante la mayoría de los días. Tomar decisiones de manera individual e independiente y tener que asumir después la responsabilidad de sus consecuencias no es algo sencillo. Por eso acostumbramos a opinar de más sobre la vida de los demás. Es más fácil. Nos eximimos del resultado final y, mientras damos lecciones sobre lo que la persona en cuestión debería de hacer o de decir, evitamos pensar en lo que no hacemos o no decimos nosotros.

Ayer Emilia quiso distraer a Julia de todo el drama de Sergio y, para hacerlo, no se le ocurrió nada mejor que poner encima de la mesa un drama mayor. Expuso su situación, sus miedos, contó que tendría que vivir una vida que no quería o renunciar a todo lo que tiene a cambio de su libertad, y yo ahí me quedé sin palabras. También lo entendí todo: el dinero, las posibilidades y el desarrollo vital de la morra y sus amigas no era libre albedrío, no. Era tan solo un buen disfraz, la apariencia de un carcelero; guardián de valores y creencias, algo, y posiblemente lo único, que en el mundo de los ricos, donde la necesidad económica no existe, no tiene precio.

No mames, Irene, dime algo!
A poco crees que quiero echar el chisme?

No! Solo quiero quedarme tranquila. Dime que seguro Julia está disfrutando con su galán y ya, que en mi país si una amiga se va con alguien y no da señales es que se desapareció

Definitivamente, las oportunidades no dependen solo del dinero. Tengo que llamar a la morra.

30

Y quién lo diría

JULIA

Me desperté con una sensación extraña entre el placer y las ganas de hacer pis y, al abrir los ojos, vi su cabeza entre mis piernas. Tenía las manos en mis caderas y las acariciaba lentamente. Comenzó pasando la lengua suavemente por mis muslos y, poco a poco, se acercó a mi vulva. La rozó con la nariz mientras me retiraba las bragas con los dientes y, cuando logró deshacerse de ellas, se empleó a fondo. Yo arqueaba la espalda, gemía, tenía pequeños espasmos y me dejaba hacer mientras él jugaba; succionaba, besaba, lamía la zona desde el perineo hasta el clítoris, me penetraba con la lengua... Alternaba los movimientos y los ritmos, intercalaba los roces estimulantes con los momentos en los que presionaba con intensidad, y yo estaba ahí, empapando la cama mientras el tiempo se desvanecía y el mundo se silenciaba, logrando no pensar. Cada vez que estaba a punto de explotar de placer, él paraba. Se separaba unos centímetros, levantaba la cabeza, me observaba con esos ojos marrones y sonreía desafiante. Cuando me relajaba, volvía a empezar, y mis músculos se volvían a tensar.

Cuando finalmente me corrí, nos acurrucamos en la cama y me perdí en sus caricias. Volví a dormirme un rato, me sentía en paz. Después preparó café y se disculpó por no tener nada más que ofrecer para desayunar. Entre sorbo y sorbo, nos besamos de nuevo en la cocina y acabamos otra vez en la cama. En mitad del polvo, abrió un cajón de su mesilla y, enseñándome unas cuerdas, me preguntó, en tono juguetón, pero a la vez de manera muy dulce, si me apetecía que me atase. No hizo falta una respuesta explícita. Cerró el cajón nada más verme la cara y continuó penetrándome mientras se reía.

Me gusta su risa. Al terminar me dijo que se iba a duchar y me tiró una toalla mientras me invitaba a acompañarle. No le permití a mi cabeza plantearse la duda, respondí que sí sin darle más vueltas. Supongo que pensé que le debía una por la negativa a las cuerdas. El caso es que creí que lo de ducharnos juntos incluía sexo, pero no; se enjabonaba mirándome, y yo estaba nerviosa.

Soy nueva en esto del sexo esporádico con un desconocido, y, aunque las niñas siempre han compartido sus historias con todo tipo de hombres, nada me servía como guía. No sabía muy bien cómo actuar. Más perdida me sentí cuando tomó el champú, vertió un poco en su mano izquierda y me pidió que me diese la vuelta mientras empezaba a masajearme el cuero cabelludo. Bajada al pilón, café, un poco más de sexo mañanero y servicio de peluquería. La verdad es que no sé si entiendo cómo ha pasado todo esto y, desde luego, que no sé qué se supone que tengo que hacer ahora.

Me visto y recojo las cosas que dejé tiradas anoche por este apartamento. No es muy grande, pero suficiente para una persona sola. Analizo de un vistazo qué clase de chico vive en un sitio así: unos cuantos libros en la estantería, un tocadiscos, una guitarra colgada de la pared del salón —que se comunica con la cocina—, un portátil sobre la mesa, dos tazas sin fregar además de las que acabamos de utilizar. Ya me ha dicho que no tiene nada para comer. El baño estaba más o menos limpio, el cuarto recogido y creo recordar que la cama hecha, parece simpático... Podría ser un buen partido.

Es la primera vez en mi vida que hago esto, que me acuesto con alguien que no conozco de nada. Supongo que la manera de justificarme conmigo misma es decirme que es solo el principio de algo. No hemos hablado de ello, pero doy por hecho que volveremos a quedar. De hecho, podríamos salir a comer y, de paso, a conocernos.

Se lo propongo y me dice que no, que ya tiene plan para hoy con sus amigos. Tiene amigos. Eso a esta edad no siempre sucede, y supongo que es un punto positivo para él. Y otro por el hecho de no querer dejarlos tirados por quedar conmigo. ¿O lo normal sería que lo hiciera y solo está poniéndome una excusa para que me marche?

Nos despedimos con un beso cariñoso y un abrazo, y me voy con la duda planeando sobre mi cabeza. Reviso mis mensajes en el ascensor y me percato de que Irene y la morra me han escrito, pero aún no han comentado nada; el grupo de las niñas permanece en silencio sin comentarios al respecto. Mi madre me pregunta si va todo bien, una pregunta de esta misma mañana a renglón seguido de su «OK» de madrugada a que, por segunda noche consecutiva, no fuese a dormir a su casa. Alegué que me quedaba de nuevo en el piso de Sofía y parece que vuelve a molestarle que duerma fuera, como cuando era adolescente. Es eso o que no me cree. En cualquier caso, si es lo segundo, no se atreverá a preguntarlo directamente.

Ya en la calle me sorprendo a mí misma llamando a Sergio. Cuelgo inmediatamente sin darle tiempo a responder. ¿Qué coño hago llamando a Sergio? ¿Cómo voy a contarle precisamente a él de dónde salgo? Supongo que es automático, costumbre, rutina. Hace una década que le cuento mis cosas a la misma persona, que comparto con ella lo que me pasa, cómo me siento, lo que pienso... Creo que echo de menos contarle las cosas a Sergio. ¿Quiere decir eso que le echo de menos a él? ¿Cómo se tomaría algo así? Bueno, es domingo y hemos quedado el martes. Tengo dos días para pensar si se lo digo, si me lo callo o si directamente cancelo esa quedada a la que todavía no he terminado de encontrarle sentido. Tengo demasiadas cosas en la cabeza.

Comienzo a caminar sin rumbo; no quiero ir a casa de mis padres, no puedo entrar y salir a conveniencia de casa de la morra, no me apetece que Irene me interrogue sobre mis últimas horas y Claudia, de seguir aquí, estará con Pablo. Mi ánimo no está como para sostener el de Belén ahora mismo, no estaría bien ir a casa de Sofía y no contarle nada de esto… Es que ni siquiera sé si quiero hablar del tema.

Me siento en una terraza para hacer tiempo en lo que decido un destino y me suena el móvil; Sergio me devuelve la llamada. Le cuelgo. Me escribe preguntando si ha pasado algo. Le digo que no y que me perdone, que fue sin querer, que me equivoqué al marcar. Me dice que no me preocupe y me recuerda que nos vemos el martes, pero yo dejo de contestar. No quiero decirle que sí cuando en realidad no sé si vamos a vernos el martes. Quizá yo el martes estoy otra vez dejando que este chico me sorprenda con su *cunnilingus* especial. No sé cuántos tipos de *cunnilingus* hay, pero desde luego Sergio no lo hacía así. Yo siempre había dicho que prefería la penetración a que me comiensen el coño, pero al final va a tener razón Sofía y lo que pasaba era que no me lo estaban comiendo bien.

Y entonces caigo en que no tengo manera de localizarle. No nos hemos intercambiado los teléfonos. ¿Cómo he podido ser tan ingenua? Si él quisiera volver a verme, me habría pedido el número, ¿no? Bueno, quizá no. Yo estoy pensando en cómo va a hacer que me corra así de nuevo y tampoco se me ha ocurrido pedírselo.

Al menos sabe mi nombre, sabe que me llamo Julia. Yo ni siquiera tengo el suyo. Se presentó como Fe. ¿Qué es eso?,

¿cómo no se me ocurrió preguntárselo? De Fernando a Félix, pasando por que puede simplemente apellidarse Fernández… ¿Qué clase de apodo es Fe? Me consuela pensar que, con solo este dato, Irene seguro que puede encontrar cada uno de sus perfiles en redes sociales. Pero ¿y si no tiene redes sociales? Definitivamente, tengo que hablar con Irene.

31

Tengo miedo del encuentro con el pasado que vuelve

CLAUDIA

Reconozco que cada vez me cuesta más volverme a Madrid. Esta mañana incluso he llorado en el desayuno de despedida con mi madre. Ella me dice que me quede, que Pablo y yo podemos vivir en su casa en lo que nos establecemos, pero no puedo hacerle eso a él.

A mí no me costaría nada dejar mi trabajo; hace años que estoy estancada. «Te valoramos mucho», «Estás haciendo un excelente trabajo», me dicen, pero yo ya solo escucho «Ti vilirimis michi...». Son palabras vacías, porque el ascenso y el aumento de sueldo nunca llegan. Y, ahora, con la boda en el horizonte, la verdad es que no me vendría nada mal un extra. Los compañeros son geniales, pero para los socios me siento invisible; me refuerzan positivamente la implicación y los resultados, sí, pero eso nunca se traduce en oportunidades reales de crecer. Supongo que esto me tiene tan harta que hace que la idea de regresar a Galicia me seduzca un poco más, no sé. Mañana es lunes, y lo cierto es que me da pereza. Antes no era así, antes me encantaba empezar la semana con la reunión

163

de equipo en la que comentábamos los avances y nos repartíamos los nuevos casos, pero ya no. Hace un año que simplemente me dejo llevar; creo que si me despidiesen me harían un favor, pero no lo van a hacer. Por supuesto que no lo van a hacer.

Pablo hace un intento por animarme y me pide que consulte el calendario. Me dice que tendremos que volver pronto por aquí para ver algunos sitios para la boda, que ha estado buscando y le han gustado un par de pazos. Y lo consigue, la conversación me ilusiona y me entretiene y se me olvida la pena. Cómo no voy a querer casarme con él. Lo pienso mientras le observo conduciendo. Es que además es exageradamente guapo. Me pilla mirándole y sonríe; me gusta cuando sonríe, se le forma un hoyuelo muy suyo que solo sale cuando la sonrisa es sincera. Si la fuerza, se difumina.

Envío también un audio a las niñas para agradecerles el fin de semana y recordarles que me hace mucha ilusión que vayan a ser las testigos de mi boda. Creo que no se lo esperaban, o sí, claro, pero que al menos no habían pensado en ello. En realidad, fue Pablo quien tuvo la idea de que nos hacía falta renovar los llaveros. Estaba cansado de ver lo que quedaba de mi salamandra en trencadís todos los días en el mueble de la entrada. Siempre decía que no podía apoyar semejante llavero en ese mueble, que lo deslucía. Terminó por entender que yo no iba a cambiar de llavero, y, en un juego de manipulación que entendí después, finalmente lo cambió él. Todos contentos.

El mueble de la entrada de nuestro piso había sido un capricho bastante caro que Pablo me había consentido cuando hicimos la mudanza. Un aparador antiguo en madera de roble, completamente restaurado, pintado a mano y acabado en decapé que encajaba perfecto en el hueco que tenemos en el *hall* del apartamento; como hecho a medida.

A ver ahora qué hacemos con él, porque esa es otra. Tenemos hasta diciembre de margen, pero en enero nos echan del piso. Llevamos aquí más de tres años, pagamos casi dos mil euros de alquiler con el garaje incluido y ahora, que el casero nos echa porque parece ser que van a convertir el bloque en pisos turísticos, no encontramos absolutamente nada similar. Hay opciones dentro del presupuesto, pero tendríamos que olvidarnos del garaje, renunciar a la terraza, cambiar nuestro quinto por un bajo y aceptar vivir en un piso sin reformar. Es imposible encontrar algo decente. Tan desesperante que, en su momento, decidimos aparcar el tema hasta que acabase el verano, pero aquí estamos de repente, cerrando septiembre y con los deberes sin hacer.

Comento con Pablo que estaría bien empezar a ponernos con eso y me recuerda que sus padres nos han ofrecido una solución. Sus padres siempre nos ofrecen soluciones. Esto es algo que tengo que aprender a gestionar, porque entiendo que lo hacen desde el cariño, pero es que me molesta muchísimo.

Sus padres, esta vez, ponen a nuestra disposición un dúplex con terraza y garaje en una urbanización con piscina. Es un piso a estrenar, de hecho, ya que hasta el mes que viene no les entregan las llaves. Lo han comprado para alquilar, pero dicen que pueden empezar a hacerlo más tarde. Que ahora prefieren echarnos un cable y que lo disfrutemos nosotros gratis para que podamos ahorrar para comprarnos algo y para la boda. Y yo no quiero que mis suegros me echen un cable. Sí, ya sé que es una oportunidad increíble y que qué suerte, pero no. No quiero deberle nada a mis suegros. No quiero que mis suegros me recuerden, día a día, en cada conversación y en cada mirada, que les debemos algo. No quiero que le cuenten a toda la familia, a todos sus amigos y a todo el mundo en la boda que gracias a ellos podemos vivir. Los suyos siempre son favores envenenados; y Pablo cada vez entiende más a mi madre, pero a mí me sucede lo contrario con sus padres. Además, el piso está en Aravaca, no en Madrid. Si busco a las afueras, desde luego que es más sencillo encontrar algo similar a lo que tenemos que encaje en el precio, pero yo quiero vivir en el centro. Bueno, ambos queremos, ¿no?

—Sí, lo de tus padres está bien, pero ¿no habíamos hablado de que no queremos movernos del centro? —formulo la pregunta consciente de que estoy manipulando la conversación.

—Bueno, pero, si el centro está imposible y la otra posibilidad es mudarnos muy cerca a un piso a estrenar que es gratis, yo creo que no hay mucho que pensar, ¿no?

—¡ALBOROTO!

—¡No! ¡«Alboroto» no vale! ¡«Abierta»! ¡O «barita»!

—Pero ¿cómo «barita», animal? ¡«Varita» es con V!

—Existe también «barita» con B, lista. ¡Es un mineral!

—¡LÁMPARA!

—¡No! «Limpio», si quieres, pero si es LMP no vale que utilices más consonantes, solo vocales, ¿entiendes? Siempre me haces trampas… Mira, mira, ¡a ver qué haces con esa! —Y se ríe mientras me señala un coche con las letras KKJ en la placa.

Pablo sabe perfectamente que lo que acabo de hacer es desviar el tema de manera intencionada, pero me consiente el capricho de posponer la disputa. Esto del juego de las matrículas, que consiste simplemente en formar palabras con las consonantes de los coches que nos cruzamos, es una de nuestras dinámicas favoritas. Quizá no es muy original o resulta ridículo a nuestra edad, de hecho. Seguro que es un recurso habitual utilizado por millones familias en carretera para entretener a los niños en el asiento de atrás, pero para nosotros es solo nuestro.

No sé exactamente por qué ni cómo ni cuándo empezamos a disputarnos el orgullo en la búsqueda de la palabra más difícil y original. Tampoco sé quién propuso el juego en su momento, pero ya forma parte de la idiosincrasia de la relación; de hecho, cuando pienso palabras a partir de matrículas yendo sola en el coche, siento que de alguna manera le traiciono y rápidamente me esfuerzo en pensar en otra cosa, en dejar de hacerlo. Imagino que será algo de lo que, en unos años, disfrutaremos también con nuestros hijos. Cuando pienso en qué pasaría conmigo si un día se acabase mi relación con Pablo, una de las cosas que se me pasan por la cabeza es que no podría volver a jugar a esto con nadie.

32

Un escudo no meu peito

Sofía

Hoy juega el Celta a mediodía y, aprovechando la excusa del partido, quedo con Gael para comer. Es verdad que el viernes se pasó por la fiesta, pero lo cierto es que no estuvimos juntos. Gael es algo así como mi mejor amigo. O como mi hermano mayor, o pequeño, no sé. O como ese primo favorito con el que la relación es más estrecha. Nos vemos muy poco y no hablamos demasiado a través de pantallas, pero si está por aquí es alguien que siempre está disponible y dispuesto para sentarse a charlar. Y yo, que acostumbro a rechazar planes por tener trabajo pendiente, siempre despejo la agenda cuando se trata de él. Es alguien de quien siempre aprendo algo. Le admiro mucho.

Hoy, el pretexto es el fútbol. Podríamos acercarnos al estadio, ya que ambos somos socios del club desde que somos muy pequeños, pero preferimos no hacerlo. Ya no entendemos el mundo del fútbol con la mirada inocente que teníamos de críos. De hecho, que nos atraiga el deporte rey no encaja con el resto de nuestra personalidad. Diría que a veces incluso nos molesta que nos guste, pero no resulta sencillo renunciar a las pasiones, ni siquiera cuando, en ocasiones, chocan de frente con los principios.

Si el fútbol fuese solo un deporte sería más fácil. Hay más. Hay muchísimos deportes. Algunos incluso están realmente comprometidos con valores importantes. El fútbol ha crecido demasiado como para comprometerse con algo más que con seguir creciendo. Y, en medio del proceso de expansión, nos hemos quedado nosotros, los aficionados.

Ser seguidores de un equipo, el Celta en este caso, nos convierte en aficionados o simpatizantes del Celta. Pero esas son palabras sin peso, sin implicación, y lo que supone seguir y apoyar a un equipo —del deporte que sea— es precisamente lo contrario. Nos implicamos. El sentimiento por un escudo nos otorga pertenencia, nos convierte en parte de un colectivo.

Es algo que se transmite de generación en generación y que no responde a una explicación lógica; no se pueden diseccionar tan fácilmente las emociones. No hay forma de poner en palabras lo que implica un gol de tu equipo en el tiempo de descuento cuando hay en juego algo importante; no existe una argumentación que haga justicia a la pena ante un descenso, ante una derrota en una gran cita. Es algo que hay que sentir para lograr entenderlo y, cuando se ha sentido una vez, no deja de sentirse nunca.

Gael y yo no queremos que nos guste el fútbol, pero somos del Celta. Nunca lo elegimos, o no de manera consciente, simplemente lo heredamos. Y ahora, aunque aborrezcamos los horarios, los precios desorbitados de entradas y camisetas, el sinsentido del formato en algunas competiciones, el negocio en el que se ha convertido todo y los petrodólares que lo sostienen, y aunque el fútbol moderno en general nos provoque urticaria, seguimos renovando año a año el carnet de socios. Oficialmente, lo cierto es que ahora eso también ha cambiado y se nos llama abonados, pero, fuera de las oficinas, la gente sigue considerándose socia de su equipo, previo pago de la cuota correspondiente.

A mí me gusta verme a solas con Gael. Tiene una conversación interesante y siempre me hace pensar. Me atrae la gente que estimula mis neuronas. De hecho, si no fuésemos amigos desde niños, sería un chico que podría gustarme. Físicamente no está mal y cumple criterios, pero es verdad que lo de ser un alma libre, aunque de primeras pueda parecer sexy, termina restándole puntos.

Encontramos una terraza en el barrio de Bouzas en la que han instalado una televisión y pondrán el partido y nos sentamos. Gael protesta porque el sitio tiene pinta de caro, y yo le digo que no se preocupe, que yo invito. A mí me gusta invitar a todo el mundo como si pudiera realmente permitírmelo, pero lo cierto es que mi cuenta está en rojos a partir de la primera semana de cada mes. Gael sin embargo siempre consigue ahorrar cantidades importantes para sus grandes viajes, claro. Supongo que no se lo gasta invitando a comer a sus amigos.

El camarero nos sonríe presuponiendo que somos una pareja disfrutando de la jornada dominical. Todos lo hacemos, es natural pensar qué relación hay entre dos personas cuando las observamos desde fuera. Acostumbramos a juzgarlas incluso cuando los gestos de cariño entre ellas no parecen fraternales y los separa una gran diferencia de edad. A Gael y a mí no nos incomoda. De hecho, nos hace hasta gracia cuando, al tomarnos nota, plantea directamente la cuestión de qué le apetece tomar hoy a la parejita.

Pedimos unas cervezas y unas tapas, comentamos el once del Celta y la conversación nos lleva a si será esta la última temporada de Iago Aspas. Eso nos hace reflexionar sobre la edad que tenemos, y el partido pasa a un segundo plano. El televisor no tiene volumen, pero en la mesa de al lado hay un grupo de amigos. Son niños de todas las edades comentando cada jugada, y nos quedamos con eso como ruido de fondo. Ya volveremos a prestar atención si los vemos reaccionar.

Gael insiste en preguntar qué me pasa; ya lo intentó el viernes por la noche, aceptó entonces el «nada» como respuesta porque entendía las circunstancias, pero ahora me dice que no se ha olvidado del tema, que para eso ha querido quedar conmigo, que no me ve demasiado y que no tiene por qué haber sucedido nada en concreto, pero que no me ve bien, que por favor hable.

Y yo me pongo cómoda y me regodeo en el sofá de confianza que hemos construido a lo largo de todos estos años de amistad. Le cuento que no es que me pase nada en concreto, pero que siento que no puedo más. Que la vida va muy rápido y me agobia últimamente la sensación de ver que la estoy dejando pasar inmersa en una rueda interminable de quehaceres que me sobrepasa.

Que, cuando no es un cliente, es otro. Que siendo autónoma no creo que tenga derecho a establecer demasiados límites ni a decir que no, porque rechazar trabajo es un lujo limitado a quienes no tienen necesidad de revisar día a día su cuenta corriente. Porque, si digo que no a algo y pierdo a algún otro cliente, no llego a fin de mes. Que no me gusta mi casa ni la siento hogar, porque es tan pequeña que hasta los muebles me molestan, pero que es lo único que me puedo permitir. Que toca presentar la trimestral en unos días y para hacer frente al pago tendré que rogar que me paguen a mí. Que a mis clientes los irrita que les suplique que me paguen, aun cuando lo hacen con meses de retraso. Que además me ha llegado una factura de luz y gas desorbitada, que la he devuelto, pero ahora tendré que pelearme con la compañía eléctrica. Que, si le cuento a lo que ascienden mis gastos mensuales, se asustaría. Que a la vecina de arriba le reventó una tubería y ahora tengo que gestionar también una humedad en la pared. Que necesito vacaciones, pero que no puedo parar porque entonces mis clientes buscarán a otra persona y yo me quedaré sin trabajo. Que hace setenta días que no me viene la regla y que no me puedo permitir ser madre. Que si sabe decirme si abortar conlleva una baja de muchos días. Que si cree que tengo que hacerme un seguro, porque, si me pasa algo, lo que sea, no creo que tenga derecho a baja. Que nada, que no me pasa nada, pero que la vida adulta se me hace bola y a veces no sé ni agarrar el volante.

Gael es una persona práctica. No me responde con frases hechas vacías de contenido, tampoco rehúye los temas, pero sí es especialista en simplificarlos. Me dice que lo que me pasa es que estoy agotada y que no le extraña, que solo con escucharme ya se ha agotado él también. Que crecer es tener que elegir y que valore urgentemente echar el freno, parar del todo, dejar de trabajar, dejar mi alquiler, volver a casa de mis padres... Que busque un empleo de cualquier cosa, ahorre y vuelva a empezar. Que la vida adulta no es solo trabajo. Y que me haga un test de embarazo y espere el resultado para tomar decisiones.

Claro, si es que qué me va a decir. Supongo que lo mismo que le diría yo a cualquiera en mi situación; tampoco me considero una desgraciada, me reconozco en muchas otras mujeres a mi alrededor. En un intento desesperado por ofrecerme una solución mágica capaz de cambiar mi ánimo, Gael me propone que me vaya con él. Dice que no necesito más de dos o tres mil euros, que con eso podemos pasar un par de meses con una mochila por ahí descubriendo lugares, personas, culturas, sensaciones... Disfrutando de la vida. Exprimiéndola.

Ese siempre ha sido su plan desde que plantó la carrera. Le faltaban tan solo un par de cursos para terminar Ingeniería en Telecomunicaciones y decidió que no le gustaba el futuro que veía en el horizonte, que mejor cambiaría de camino. Desde entonces, no ha encontrado ningún sendero que le convenza. Ahora su plan es recorrerlos todos.

Trabaja para ello, claro, de lo que sea. Para él, cada empleo no es otra cosa que un medio para un fin. No le gusta el mundo ni el sistema, pero sabe que no puede ignorarlos, así que cree que los utiliza a conveniencia. Vive en una incertidumbre constante que yo no sería capaz de asumir y que dice no pesarle, pero cada vez que nos sentamos a solas y avanza la conversación, que siempre empieza por mí, afloran sus sombras y dejo de envidiarle. Porque desde fuera, vivir sin rutina, acumulando experiencias en un viaje constante, puede parecer idílico, pero no establecer vínculos con nada ni con nadie no es exactamente vivir sin ataduras. Escapar no es más que un intento de evasión.

Lo suyo es una huida hacia delante. Puede recorrer el mundo, pero siempre carga la mochila detrás. Y la incomodidad llama al movimiento, pero no se puede escapar de todo, y a Gael lo que le pesa es la cabeza. Cree que puede solucionarlo solo, que terminarán sus problemas el día que aterrice en la casilla correcta, pero cada vez tengo más claro que lo que necesita es ayuda para rediseñar el tablero. Cree que ha conseguido cambiar las reglas del juego, pero sigue siendo un peón en la partida. En ocasiones piensa en ello y no le gustan las conclusiones a las que llega y entonces planifica el siguiente viaje.

Cuando nos sentamos juntos a arreglar el mundo, a veces, nos creemos incluso capaces de encontrar soluciones. Después somos realistas y comprendemos lo utópico de cambiar las cosas desde la barra de un bar, pero el ratito nos sirve a modo de terapia.

33

Perdiendo la percepción

IRENE

Había quedado con Julia para que me contase todo lo que pasó anoche, pero se ha agobiado y me ha cancelado en el último momento. Entiendo que tiene que estar un poco perdida, pero creo que hablarlo la ayudaría. En cualquier caso, ya le he dicho que cuando quiera comentarlo estoy aquí. Hasta entonces, me ha pedido discreción. La morra dice que a ella le ha pedido lo mismo, así que no hemos comentado nada.

Encuentro una pizza precocinada en el congelador y me consiento el capricho para cenar a pesar de los excesos del fin de semana. Mañana es lunes y se acaba la tontería. Toca ponerse seria. Normalmente no me cuesta cuidar mi alimentación y no pasa nada por salirme un poquito de la rutina alimentaria, pero reconozco que esto es pasarse. Hace semanas que estoy comiendo de más. Creo que es por ansiedad. Últimamente vuelvo a pensar demasiado en calorías; si realmente estuviese contenta y satisfecha con mi cuerpo, no me estaría cuestionando todo esto, ¿no? ¿Es posible una recaída en un TCA tantos años después? No, ¿no? Tengo que vigilarme.

Si volviese a pasarme sería diferente. Creo que esta vez sí se lo contaría a las niñas. Es algo mucho más normalizado y no van a asustarse. De hecho, aunque nunca lo hemos hablado, estoy segura de que en aquel momento ellas sabían que pasaba algo, aunque no supieran nombrarlo. Nunca había estado tan delgada, y ellas eran de las pocas personas que no me felicitaban por ello; las únicas que solo me preguntaban, una y otra vez, que qué me pasaba, que si estaba bien. Las únicas que no insistieron en conocer los motivos sobre por qué aquel año me incorporé más tarde a las clases, las que respetaron en silencio mi desaparición durante el verano anterior y, cuando volví, me recibieron sin rencor.

A la que no se lo contaría esta vez es a mi madre. Mi madre ya tiene bastante con lo suyo, y yo empiezo a no poder más con ello. Se niega a ir al psicólogo, y creo que lo que tiene es una depresión de manual. Somos la primera generación capaz de detectar problemas de salud mental en nuestros padres; de entender que les está pasando algo. Ellos vieron en sus mayores las patologías más evidentes, como párkinson, alzhéimer, demencias muy notorias... Pero nunca observaron en nuestros abuelos una leve depresión. Ni en nuestros abuelos ni en ellos mismos, por supuesto.

Siguen asociando la depresión a una tristeza muy profunda que llega después de un hecho traumático. No entienden la ansiedad más allá del estrés por la carga laboral o por alguna situación límite. Cuando tuvieron que llevarme a terapia a mí, de adolescente, por mis problemas con la comida, lo hicieron casi que obligados.

Llevaban meses viéndome adelgazar, obsesionada con el deporte, con las calorías, con todo lo que estuviese relacionado con comer, pero, lejos de alarmarse, se alegraban. Quizá, en casa, la primera que lo vio fue mi hermana mayor. Ella siempre había sido mucho más delgada; nuestros cuerpos no tenían nada que ver. Y, cuando comencé a cogerle ropa prestada, se sentó un día a charlar conmigo, a preguntarme cómo estaba. Fue al principio, así que me vio satisfecha con el cambio y empeñada en mantener lo que había conseguido; lo aceptó, pero no dejó de vigilarme. Mis padres en cambio me felicitaban por el esfuerzo y por haber conseguido adelgazar tan rápido. Mi madre incluso presumía de hija en la peluquería. Me decían que estaba en el camino, pero que aún tenía que seguir bajando y que debía esforzarme mucho si no quería recuperar lo perdido.

Cuando los llamaron del colegio la primera vez, los avisaron de que me estaba sucediendo algo, pero ellos lo negaron. Salieron de la reunión diciéndole a la directora que, si mis notas seguían siendo buenas y no había hecho nada malo en clase, no veían necesaria la reunión. Yo pensé que el tema había quedado zanjado con aquello y bajé la guardia. Sabía que algo estaba pasando, que ya no podía controlarlo, pero necesitaba seguir. Mis padres no le dieron importancia y me relajé. No tardaron mucho en volver a llamarlos, esta vez sí, porque también habían bajado mis notas.

Les dijeron que mi rendimiento había empeorado porque estaba enferma, que lo que tenían que hacer era llevarme al médico. Ahí comenzaron a asimilar y pasaron entonces de la negación a la culpa. Primero se culparon ellos, después me culparon a mí. Finalmente empezó el proceso: la clínica privada, el verano ingresada en aquel lugar, la terapia. Lo hicieron gastándose una fortuna y sin entender siquiera adónde me llevaban. Sin entender por qué. El día que los citaron a ellos para explicarles por qué no podían seguir diciéndome que estaba gorda, como llevaban haciendo años, salieron de allí prometiendo que no lo dirían más para no hacerme enfermar, pero recordándome que no por no decirlo iba a estar yo más delgada.

Dejaron de presumir de mí, claro. Pasé a darles vergüenza. Me alejaron incluso de mi hermana pequeña, que era lo único de lo que no me había alejado yo. Decían que estando así no era un buen ejemplo para ella. Cuando todo terminó, aquel episodio se borró de la memoria familiar. No se ha vuelto a hablar del tema jamás. Les hace daño.

Por eso no puedo obligar ahora a mi madre a hacer terapia. No puedo insistir siquiera en que debería visitar a un psicólogo. No puedo porque eso supone reabrir una herida que ella nunca llegó a cicatrizar. Pero tampoco soy capaz de seguir viéndola así. Mis hermanas pasan, y mi padre ya se ha acostumbrado, pero a mí me duele no poder hacer nada. Elijo protegerme y procuro que no se note que no la quiero ver así.

No puedo seguir poniendo excusas para escaquearme los domingos, lo sé, pero es que la situación con ella es insoportable. Mañana la llamo; para escuchar lo mismo que todas estas últimas semanas con el extra de cargo de conciencia por no haber ido hoy a comer, sí, pero lo gestiono mañana.

Será lunes, y vendrá Pedro a la clínica. Tengo que prepararme la comida, que lo malo de no acercarme el domingo a mediodía a casa de mis padres es que no hay táperes. Y tengo que pensar qué me voy a poner, que, aunque allí esté con el uniforme, puedo cruzarme con Pedro cuando llegue y cuando me vaya.

LUNES

34

¿Para qué has tenido que hacer nada?

Belén

*Pero ¿cómo has podido ser tan torpe? Dos horas llevas traba-
jando y ya la has tenido que liar. Céntrate, por favor. Has
hecho cientos de seguros. No puedes equivocarte así. No puedes
asegurar coberturas que no entran, porque, como pase algo,
sabes que estarán perdidos. Que te presionen para alcanzar
unas cifras nunca te ha hecho ser deshonesta con los clientes.
¿Por qué ahora sí? No puede darte igual. No puedes pasar de
todo. Ya está bien. Llama a la señora, dile que ha habido un
error y que hay varias cosas que finalmente el seguro no cubre.
Están a tiempo de echarse atrás. Aún pueden cancelarlo. Tienen
que entender que no has estado prácticamente en todo el mes.
Tus números no pueden ser los de siempre. No pasará nada.
Y, si pasa, ¿qué es lo peor? ¿Que te despidan? Pues quizá hasta
te hacen un favor. Nunca has querido ser comercial de seguros
y llevas ya cinco años estirando el «voy a probar a ver qué tal».
Pues ya has probado, y mal. No te gusta. Solo lo estás dejando
pasar. Tiene que haber algo que te llene. Vale, estudiaste Traducción e Interpretación y aún no sabes por qué, genial. Has*

sido monitora de ocio y tiempo libre, has trabajado en una inmobiliaria, has trabajado como dependienta y has sido comercial de seguros, y nada te sirve. ¿Es que no te das cuenta? ¡El problema está en ti! ¡Tiene que haber algo en lo que trabajes cómoda! Son muchas horas al día, a la semana, al mes, dedicadas al trabajo como para pasártelas haciendo algo que no te gusta. Sí, ya sé que así llevas toda la vida, pero es que no puede ser. Tiene que haber algo. Ahora hay más oportunidades que hace unos años, y quizá puedas hacer algo relacionado con tu carrera, no sé. ¿Y una oposición? A lo que sea, qué más da. Son unos meses de esfuerzo, sí, pero luego te aseguras una tranquilidad. Y quizá tampoco te guste y sigas un poco amargada, pero por lo menos no estarás pendiente de que te despidan. Tendrás las tardes libres, una jubilación... Céntrate, venga, va. Responde esos correos. Que ya solo te queda media hora. Genial, ahora una convención en Asturias. Di que no, Belén, que no pintas nada en Asturias ni estás tú para una convivencia de tres días de actividades con compañeros. Tú eres autónoma, ¿no? Pues no pueden exigirte que vayas. Que te metan en plantilla. Es que además deben de pensar que con esto os hacen un favor a los trabajadores; qué manera de tirar el dinero. Venga, busca una psicóloga. ¿De verdad estás apagando el ordenador? ¡Madre mía, quién te ha visto y quién te ve! Te da todo absolutamente igual, ¿no? No te has ido de la oficina quince minutos antes de la hora nunca jamás. ¿Qué te pasa? Es que, mira, toda la oficina te observa; nadie entiende nada. Di que vas a ver a un cliente o algo, ¿no? Tampoco tiene mucho sentido esto que acabas de hacer, porque, si me dices que es que tienes un plan o algo mejor que hacer, pues bueno... Pero no. ¿Para qué te has ido antes? ¿Para dormir? ¿Para tirarte en el sofá? Venga, aprovecha al menos y pasa por el supermercado. No es tan difícil hacer una compra. No puede costarte tanto. ¿Qué vas a querer comer esta semana? Porque no puede repetirse lo de hoy. No puedes pasar de la comida a domicilio al menú del día *del bar de la oficina. No. Tienes que cocinar. Puedes. Tienes que poder. Mucha gente cocina para uno y no pasa nada. Y tienes que llamar a la psicóloga también. No lo olvides. De hoy no pasa. Ya está bien de alargar todo esto.*

MARTES

35

Se ha puesto todo del revés

JULIA

Estoy bloqueada. He salido de trabajar y me he venido directa hasta aquí, a sentarme, a pensar. Tengo exactamente treinta y siete minutos para tomar una decisión. Si decido ir a casa de Sergio, tardaré cinco en llegar a su portal. No he respondido a su mensaje del domingo sobre si nos veíamos hoy; él tampoco ha vuelto a preguntar. Sé que, si voy, fingirá normalidad y omitirá que le haya dejado en visto. Sé que, si no voy, no volverá a escribir preguntando el porqué. Sé que habrá comprado un buen vino, que habrá recogido la casa y que me estará esperando. Por si acaso.

O no. Quizá el Sergio de ahora ha hecho otros planes porque nunca llegué a confirmar que iría, quizá el piso está hecho un asco, quizá aprovechó para quedar con alguien más. Me debato entre la curiosidad de regresar a mi vida de hace unos meses por un rato y el pánico de regresar a mi vida de hace unos meses por un rato. No sé qué se supone que es mejor para avanzar; no sé si quiero avanzar. ¿Qué se supone que es avanzar?

Porque no tengo claro que acostarme con un tío del que no sé ni su nombre sea ir realmente hacia delante; el episodio me recuerda más bien a la adolescencia de mis amigas. Tampoco creo que ser incapaz de hablar con ellas del tema sea algo que encaje con la madurez que se me presupone. Y lo que desde luego no puedo entender es que con quien me apetezca comentarlo sea con Sergio. ¿Es que cómo puede ser? Me pongo en su lugar y se me revuelve el estómago de la impresión. Me imagino a Sergio con otra en la cama y me entran arcadas. Creo que si fuese él quien me describiese en primera persona la situación vomitaría directamente. Es que no sé cómo se me ocurre...

La morra me ha dicho que, si decido no regresar a la que fue nuestra casa, ella me espera en su apartamento. También me ha dejado claro que, si el hecho de no ir iba a dejarme intranquila o con ganas de hacerlo, que fuese. Mejor el drama posterior que quedarme con las ganas. Supongo que ayuda saber que Sergio no hará que resulte incómodo, que si no me siento bien puedo marcharme en cualquier momento, que si escribo un wasap a Emilia ella misma me llamará reclamándome con urgencia.

Trato de hacer un listado mental de pros y contras que me ayude a elegir cuál es la opción menos mala. Faltan solo diez minutos para las siete, y comienza a incomodarme realmente la posibilidad de que Sergio haya hecho otros planes. De llegar al piso y que no esté. De que esté con alguien más. Me resisto a quedarme con la duda y decido que sí, que me la juego, que iré. No me fío del salto al vacío y coloco una red de seguridad que amortigüe el golpe. Respondo a su último mensaje con un «Llegando» y la respuesta me vibra en el bolsillo casi al momento; ha reaccionado con un corazón. Estaba esperando el movimiento, sabía que no me atrevería a aparecer sin más.

Aprovecho el trayecto en el ascensor para retocarme el maquillaje y echarme un poco de colonia. También me recojo el pelo en un moño desenfadado y me desabrocho el primer botón de la camisa. Analizo el gesto mientras lo hago. ¿Es porque he salido de la oficina o porque estoy a punto de ver a Sergio? ¿Haría lo mismo en el ascensor de la morra si me hubiese decantado por ir a su casa? No me da tiempo de alcanzar un veredicto, porque la puerta del ascensor se abre y nada más girarme le veo ahí, esperándome, apoyado en el marco luciendo su mejor sonrisa.

Me recibe con un abrazo amistoso, breve pero cariñoso, y me dice que pase, que estoy en mi casa. Se percata al momento de lo inoportuno que resulta el comentario y se disculpa, pero yo dejo de escucharle. No puedo hacer nada más que examinar cada rincón; ya no hay flores en el recibidor, su vieja cazadora vaquera está colgada en el perchero de la entrada, hay un nuevo paraguas en el paragüero y un extraño olor inunda la estancia. Le pregunto a qué huele mientras le sigo hasta la cocina y me dice que ahora utiliza palo santo para alejar la negatividad y atraer las buenas energías. Si me lo estuviese contando alguien que no fuese él mismo, no me creería jamás que Sergio fuese capaz de confiar su suerte a ninguna religión, ni que decir tiene que mucho menos a una tradición chamánica; supongo que a veces todos necesitamos creer en algo.

Prepara un hummus casero para picar; sabe que me encanta, o sabía que me encantaba, porque lo cierto es que hacía años que no se esforzaba en hacerlo. Ni siquiera había reparado en ello. Es normal que la rutina opaque los detalles. Hoy sin embargo es él quien se ha acordado de cuánto me gustaba que lo hiciese. Seguimos reconociéndonos en cómo nos comportamos. Le observo mientras cojo impulso con los brazos y me siento sobre la encimera; es algo que he hecho por costumbre, porque este siempre ha sido mi rincón en la cocina, pero cuando se gira y me ve ahí soy yo la que se siente violentada. Hoy aquí no soy más que una invitada, y no procede sentarse en la encimera de una casa ajena. Disimuladamente, me bajo y poso el culo en un taburete.

Sergio no para de mirarme las manos. Las examina buscando una señal. Hace unos años que me diagnosticaron síndrome de Raynaud, un espasmo vascular con el que los vasos sanguíneos de la mano se estrechan. Sucede como respuesta al frío o a la tensión emocional; ante estas situaciones, mis dedos acostumbran a ponerse blancos, muy pálidos, y pasado un rato adquieren tonalidades azules. Vuelvo a cazarle observándome los dedos y le digo que no se preocupe, que estoy bien. Noto como se relaja.

Abre la nevera para ofrecerme algo de beber antes de dirigirnos al salón; está mucho más vacía que antes, no hay verduras. A decir verdad, no hay mucho más que bebidas. No parece que coma o cene habitualmente en casa, pero ya no soy nadie para plantear esa pregunta que delate mi análisis. Echo en falta una botella de Moët & Chandon que compré para brindar en su último cumpleaños; no le apeteció hacerlo aquel día y nunca encontramos la ocasión. Supongo que en este tiempo habrá tenido algo que celebrar y me alegro por ello, aunque reconozco que me da rabia no haberla compartido. También observo al fondo de la balda superior mi tarro de mermelada. Me hace gracia que siga ahí, pero le digo que ya lo puede tirar. Sonríe mientras se encoje de hombros y me recuerda que aún guarda un par de bolsas con cosas que me pertenecen y que me puedo llevar hoy mismo. Ya no sé ni qué hay en esas bolsas, pero entiendo que no quiera seguir teniéndolas en su casa, así que acepto su propuesta de sacarlas de aquí.

Se sienta en el sofá y deja libre el lado en el que yo solía sentarme, me ofrece mi lugar. Pone música de la lista de reproducción que seguimos teniendo en común, porque una cosa es renunciar a nuestra relación, pero otra muy distinta es renunciar a nuestra música. Crecimos juntos y nos convertimos en adultos con gustos similares; ambos tenemos muy claro que nos reencontraremos muchas veces en festivales.

Me mira, callado. Le da un trago a la cerveza y, tras posarla sobre la mesa, me acaricia la mano con inocencia. Me pide que le cuente cómo me va. ¿Cómo voy a contarle cómo me va? ¿Qué se supone que tengo que decirle? ¿Todavía le debo sinceridad? Le digo que mejor me cuente él, que yo no sé por dónde empezar, que es también una forma de ser sincera.

Mientras me explica qué ha sido de su vida los últimos meses, me fijo en su pantalón. Es un vaquero nuevo; antes no lo tenía. Descubrir novedades en su rutina es algo que todavía no logro encajar. No sé si seré capaz de acostumbrarme. Me esfuerzo en tratar de no analizar cada detalle, en valorar solo lo que él quiera contarme, pero me resulta imposible.

Dejar de compartir espacio, tiempo, rarezas, manías, costumbres, planes y un futuro con otra persona no es algo a lo que la cabeza se adapte rápido. Yo misma me sorprendo todavía a día de hoy comprándole regalos a Sergio. Las semanas en las que todo se estaba acabando, si veía un libro interesante, entradas para algún concierto o algo rico en el supermercado, seguía fingiendo normalidad y dejándole sorpresas por casa, como si la ilusión sirviese para rebajar la pena cuando en realidad la hacía más grande. Entendí que tenía que dejar de hacerlo, que lo que se acababa con la relación era todo lo que implicaba la relación.

Ahora todavía le compro cosas, pero no se lo digo a nadie; antes de que pasen los treinta días las devuelvo o las cambio por otras que nunca llegaré a entregarle y que volveré a cambiar. Hubo un tiempo, unas semanas, en las que no llegaba a darle los regalos, pero tampoco los devolvía. Conservo todavía un par de camisetas de su color favorito y un bañador que sospecho que le resultaría cómodo. La última vez que le vi en la playa este verano llevaba uno rojo, un poquito más corto de lo que él suele usarlos, y me pregunté de dónde habría salido. Dónde lo habría comprado. Por qué de ese color. Exactamente lo mismo que ahora con este pantalón vaquero. Desconocer la historia que hay detrás de sus nuevas cosas y de su nueva ropa también es otra forma de distancia. Y duele.

Me excuso diciendo que tengo que ir al baño y me incorporo del sofá. Lo que tengo es que aclarar las ideas. Paso por delante del que fue nuestro dormitorio y empujo suavemente la puerta entornada; me fijo en que la cama está deshecha. Como él siempre se levantaba primero, yo siempre hacía la cama. Nunca imaginé que fuese de esos chicos capaces de dejarla sin hacer.

Al llegar al cuarto de baño, de repente, se aparece la imagen ante mí como un luminoso con luces de neón y lo veo cristalino. Había algo en cómo me habla, en cómo se expresa y en los rodeos que estaba dando para encarar la conversación conmigo, pero ahora está claro. Sergio ha conocido a alguien. Solo he necesitado ver este segundo cepillo de dientes en el baño para terminar de encajar todas las piezas, pero de algún modo creo que entré en este piso sabiéndolo. No sé cuál es la definición de intuición, pero no creo que la sensación que tenía pueda explicarse; lo sabía porque lo sabía. Punto. A ver si no, a cuento de qué, tanta prisa por sentarnos a charlar. Estoy convencida de que es eso y no es capaz de decírmelo. Ahora ya no hay relato que pueda convencerme de una realidad opuesta.

Regreso al sofá y le pregunto de forma directa si lo que quiere contarme es que está con alguien. Me dice que no exactamente, que no está con nadie, pero que sí está empezando a conocer a una chica. Y yo respondo antes de respirar y pensar y termino por caer muy bajo. Prometo que quería hacerlo bien, pero a veces no se puede. Dejo hablar al dolor y le digo que, para estar conociéndose, la veo ya muy instalada. Menciono lo del cepillo de dientes, planteo toda clase de interrogantes, le pregunto quién es, cuestiono si es ella quien duerme ahora en mi lado de la cama y, cuando me doy cuenta, estoy ahogada en llanto.

Sergio me abraza hasta que se me secan las lágrimas. Me pide que respire, me muestra mis manos palideciendo y adquiriendo después el típico tono azul y me acaricia la espalda tratando de devolverme a la calma. Cuando recupero un poco la compostura, empezamos a hablar de verdad.

Resulta que es una clienta habitual de la farmacia que quiso consolarle al verle mal tras nuestra ruptura. Que la relación se fue estrechando y que, bueno, se han acostado un par de veces. Ella comparte piso y él, teniendo este, no vio necesario pagar un hotel. Pero entiende que me duela, dice. Le pregunté por el paripé que le vendió a Sofía, y él insiste en que todo lo que le dijo es verdad, que esto no es más que un entretenimiento para distraerse, que así de claro se lo ha dicho también a ella, que solo han sido un par de veces y que me sigue echando de menos, que si me pidió que viniera es porque quería contármelo él.

Supongo que la rabia que me quema en el pecho habla en mi nombre cuando le deseo que les vaya bonito, cuando me mofo de su discurso, cuando le sugiero que por qué no la deja embarazada y forma con ella la familia que no quiso conmigo, cuando le espeto que se ponga las pilas con el *cunnilingus*, que al final resulta que yo también prefería que me comiesen el coño, que solo era cuestión de que me lo comiesen bien.

Me despido pidiendo que no me escriba en un tiempo y anunciando que sigo teniendo muchas ganas de ser madre, que no tardará demasiado en verme por ahí con un carrito. Es él quien llora ahora en el sofá, pero yo enfilo la puerta y no miro atrás. Las cosas que me pertenecen y con las que ha rellenado un par de bolsas se las puede quedar.

El espejo del ascensor me anuncia que no tengo buena cara. Desde luego no puedo entrar así por mi casa, porque lo que menos me apetece en este momento es aguantar a mi madre.

Pienso en acercarme a casa de la morra, pero no sé si quiero hablar de todo esto o si prefiero digerirlo sola. Quizá lo primero que tengo que hacer es ordenar las cosas en mi cabeza, así que al salir del portal me pongo los cascos y me dispongo a dar un paseo para que se me aclaren las ideas.

MIÉRCOLES

36

Qué felices, qué caras más tristes

Sofía

Llevar un Excel diario más allá del trabajo, con etiquetas de colores para cada tema como lo administrativo, lo familiar, el ocio, etc., y con las horas distribuidas y las quedadas entendidas casi como citas médicas, me resulta exagerado, pero he de decir que, salvando lo extremista que es ella, Irene tiene razón. A esta edad, la rutina y el orden son necesarios. Hoy he ido al gimnasio a las siete de la mañana, por tercera vez esta semana, y es verdad que el cuerpo lo nota y lo agradece. Ya en el vestuario he notado que me dolía un poco el pecho, y no sé si eso quiere decir que me he dado un golpe o que me va a bajar la regla. La aplicación me recuerda que la última vez fue hace setenta y tres días. No es que no lo sepa, pero lo consulto igualmente por si acaso ahí, de repente, apareciese otra cifra y eliminase la preocupación.

De hoy no pasa. Hoy compro el maldito test. De hecho, pienso comprarlo ahora; de camino a casa hay un par de farmacias. Me detengo en la primera y me atiende un señor que debe de estar a punto de jubilarse. «Un test de embarazo, por favor». Lo pido calmada, segura de mí misma. El farmacéutico regresa con tres y me pregunta si tengo alguna preferencia. Yo los ojeo un momento, como dando a entender que comprendo las diferencias. Pero no. Quiero que me dé el que me vaya a decir que no estoy embarazada, nada más. Termino por preguntarle cuál es el más barato, y él me señala el test de la derecha. Cuando estoy a punto de decirle que ese mismo, apunta que ese es el más barato, sí, pero el de la izquierda es el más preciso. Yo ya me había decidido y no creo que vendan test de embarazo diseñados para fallar, así que me mantengo y me llevo el más económico.

Salgo de allí con la duda de si ahora me valdrá o no el resultado y, ya cerca de casa, al pasar por la segunda de las farmacias que están en mi ruta, me decido a entrar también en esta. Creo que ya no me quedaré tranquila si no me hago el test preciso; es más, me haré ambos. En esta hay un poco de cola y, mientras espero, observo que la chica tras el mostrador debe de tener la misma edad que yo. El nombre de su bata es el mismo que el de la farmacia. ¿Será suya? ¿Cómo es posible que alguien a nuestra edad tenga una farmacia? Me inclino a pensar que por herencia y, en lo que me entretengo inventándome la historia y las circunstancias de la farmacéutica, me toca. Titubeo antes de pedir, porque ahora me siento juzgada. El señor de la farmacia anterior veía a una mujer pidiendo un test de embarazo. Esta chica es capaz de leer el miedo en mi cara; sabe que lo que estoy pidiendo no es solo la prueba, sabe que necesito un resultado negativo. Me ofrece un test diferente a los que he visto hace un momento, lo que me obliga a preguntarle por el porcentaje de fiabilidad. Me dice que es el más exacto del mercado. También se disculpa por su precio desorbitado, aunque me aclara que no es cosa suya. Nota el temblor en mi mano cuando voy a pagar y me mira con ternura. Insiste un par de veces en que no me preocupe y dice que todo saldrá bien. Y que, si tengo cualquier duda o necesito cualquier cosa, vuelva por aquí. A veces no pasa nada por que nos juzguen. A veces incluso nos juzgan bien. Salgo de la farmacia con un abrazo de palabras sobre los hombros. Me siento capaz. Hoy mismo me haré los test. Porque, sea cual sea el resultado, mejor asegurarse.

Al llegar a casa me doy cuenta de que he perdido la fuerza por el camino. La idea de saber en este preciso momento si voy a ser madre o no me viene realmente mal; es un día cargado de trabajo que no debería eludir, y no sé si podré enfrentarlo como en el cacharro este salga que sí. Me autoconvenzo de que mejor me lo haré mañana, porque es más fiable con la primera orina de la mañana, como todo el mundo sabe, y, con el dinero que me acabo de dejar en ellos, mejor no malgastarlos. Además, en media hora debería estar aquí el perito del seguro, que viene a valorar los daños por lo de la cascada que me montó hace unos días en la pared la tubería rota de mi vecina, y, si me lo hiciese ahora y hubiese drama, lo último que necesito es al perito del seguro en mi casa.

Coloco las pruebas de embarazo en el cajón de las bragas, porque tenerlas a la vista me impide ignorar el tema y porque solo tengo en mi casa el cajón de las bragas y los cajones de la cocina; y me parece mejor guardar los test entre la ropa interior que entre los tenedores, por lo que sea.

Publico un par de *reels* de mis clientes, preparo un presupuesto, respondo al primer mail y suena el timbre. Me asusto al darme cuenta de que lo primero que le he dicho al perito es que cuánto va a tardar, antes incluso de saludarle. Cuando me dice que como mucho diez minutos, como me encaja en tiempos, activo el modo simpatía y le ofrezco hasta un café.

Se ve que él tiene peor día que yo, porque se limita a negar con la cabeza, como si le cobraran las palabras. Yo me preparo igualmente un café para mí. Ya es el segundo del día y aún son las nueve y media de la mañana, pero es necesario, porque meterme en el baño o venirme a la zona de la cocina con alguna excusa me parece la única manera cómoda y viable para no invadir el espacio personal de este desconocido. Sin embargo, es él quien se acerca para decirme que ya ha terminado, que ya me llamarán o me dirán algo desde la aseguradora. Yo le digo que a mí no, que yo solo soy la inquilina. Se marcha sin responder ni decir adiós. No entiendo cómo algunas personas logran mantener trabajos que implican tratar con otras cuando no es lo suyo. Se me escapa. En este momento de mi vida estoy empezando a aprender que tengo que elegir mis batallas, así que no pienso meter ni un gramo de energía en enseñar modales a nadie a estas alturas. Le veo marchar y cierro la puerta sin decir ni gracias; opto por la opción más sencilla, que no es otra que rebajarme a sus formas.

Espero, a este lado de la videollamada, a que se conecte un cliente. Tendríamos que haber empezado a las diez en punto. Ya va un cuarto de hora de retraso y precisamente hoy necesitamos cada uno de los sesenta minutos que tengo reservados para él, pues tenemos que planificar las próximas campañas, revisar las estadísticas y quería aprovechar para plantearle un ligero cambio de imagen corporativa que rejuvenezca la marca. Pero es alguien que suele ser puntual, y empiezo a pensar que esta reunión se le ha olvidado, así que le escribo un wasap y lo confirmo. Me pide que la agendemos de nuevo para la semana que viene; también el miércoles, misma hora. Qué remedio que decirle que sí, claro.

Debería aprovechar estos cuarenta y cinco minutos de tiempo extra para adelantar trabajo, pero, como es un rato con el que ya no contaba, me relajo. Posponer deliberadamente tareas importantes pendientes, a pesar de tener la oportunidad de llevarlas a cabo, es la definición de procrastinar, pero podría ser perfectamente la de mi vida, así que me tumbo en el sofá y entro en Instagram; total, me dedico a las redes sociales. Podría decirse incluso que estoy trabajando.

Tardo aproximadamente treinta segundos en sentir agobio, pereza, pena y vergüenza, todo al mismo tiempo. Es que si lo pienso un poco me entran hasta ganas de llorar. Me sucede de vez en cuando. Supongo que cuando pongo atención o cuando tengo las defensas bajas. Me abruma esta red social; esta y todas, pero esta especialmente porque es la que más consumo.

En Instagram todo el mundo habla de sí mismo: yo hago, yo recomiendo, a mí me pasó, yo voy a... Es el festival del ego. Nadie habla de los demás. Peor, cuando alguien habla de los demás, no es más que para señalarlos y ponerse por encima. Qué mal todos, qué bien yo. Me agota. Un gran escaparate lleno de luces en el que se penalizan las sombras. Cada vez lo soporto menos. Todo el mundo hace cosas. Todo el mundo sabe más. Todo el mundo conoce mejor que tú lo que tienes que hacer. Todo el mundo es *instagrammer*. Cada vez que entro en una cuenta, tiene decenas de miles de seguidores, publicaciones con marcas, eventos... Yo no sé quién es esa persona. Ni me suena. Pero hasta ha escrito un libro. Bueno, hoy todo el mundo ha escrito un libro. Todo el mundo tiene un pódcast. Todo el mundo tiene una *newsletter*. Todo el mundo hace canciones. Todo el mundo es experto en algo; o, mejor, sabe de todo. Todo el mundo tiene una marca. O lidera un gran proyecto. Todos, sin excepción. Todos y todas haciendo cosas y cosas y cosas a la vez. Contenido, contenido, contenido, contenido, contenido, contenido, contenido, contenido, contenido, contenido, contenido, contenido, contenido, contenido, contenido, contenido. No me llega la vida para el contenido pendiente de revisar de esta semana, y estamos solo a miércoles.

No puedo leer todos los post ni ver todos los *reels*, ni comprar todos los libros, ni escuchar todos los pódcast, ni suscribirme a lo que propone todo el mundo, ni seguir todos los consejos sobre cómo hacer que alguien disfrute en la cama, ni todas las recetas, ni las tablas de ejercicio físico, ni probar todos esos restaurantes, ni ver todas las series o películas, ni hacer todas las escapadas… No puedo ni hacer en mi casa todas esas manualidades tan sencillas y estupendas. Lo siento. No. No tengo tiempo. No recuerdo ya qué dejé pendiente la semana pasada porque lo de los últimos días lo ha reemplazado todo. Es insoportable.

Pero las cifras crecen y crecen, lo que quiere decir que la gente, los seguidores, consumen y consumen. ¿Cómo narices lo hacen? ¿De dónde salen esas personas? ¿Por qué tienen tiempo para consumir tanto material? No lo entiendo. ¿Esto cuándo va a explotar? ¿Cuánto puede sostenerse sin que nos reviente en la cara? ¿Cuánto tiempo voy a aguantar yo contribuyendo a todo esto? Y me angustio, pero no por ello salgo de aquí y bloqueo el teléfono. Al revés, ahora concentro mi atención en una mujer que se define como terapeuta y me expone, en un vídeo con infografías cutres, once señales y síntomas del trastorno de ansiedad. Creo que los cumplo todos menos el de los ataques de pánico; por ahora.

Una llamada de mi abuela me saca del ensimismamiento. Mi abuela siempre me llama en horas de trabajo. Es algo que pido encarecidamente a mi madre que no haga, y si llega a hacerlo no le cojo el teléfono, pero con la abuela es otra cosa. A una abuela hay que cogerle el teléfono siempre. Tiene algo así como un sexto sentido para las cosas, una especie de magia. Como ahora, que llama justo en el momento en el que estaba yo dejando de creer en el mundo. Lo hace para devolverme la fe y recordarme que el mundo también es ella. Ya le robaré horas al sueño esta noche para cumplir con el trabajo, pero ahora lo que me apetece es verla, así que le pido que me invite a comer.

37

Voy a inventar un plan
para escapar hacia delante

BELÉN

Esto es lo primero que haces bien en mucho tiempo. Ahora, que sirva de algo o no depende únicamente de ti. Es una inversión, así que no la eches a perder. No pretendas salir de aquí hoy con todo claro y rebosando alegría, que ya sabes cómo va esto. No es tu primera vez en terapia. Hoy será, simplemente, una valoración. Responder a unas preguntas y que le cuentes qué te pasa. Que a ver por dónde empiezas, también te lo digo. Eres la siguiente, así que ve preparándote.

—¡Hola! Eres Belén, ¿no? ¡Encantada! Yo soy Carmen. Pasa por aquí, por favor, y ponte cómoda. ¿Vienes sola, verdad?

Pues tiene tu edad y es una chica, pinta bien. A ver si ayuda eso a que entienda mejor las cosas.

—Hola, sí, yo sola. Gracias.

—Pasa por aquí, por favor, y siéntate un momento en la sala de espera.

¿Cómo que en la sala de espera? ¿Esto no empieza ya?

—Te voy a dejar estos papeles y necesito que me los firmes. Léetelos con calma. Son el consentimiento informado y el acuerdo de la protección de datos. Si tienes alguna duda, me dices. Yo voy a prepararlo todo en el despacho y vengo ahora.

Parece simpática, va. Estate tranquila. Irá bien. Sí, firma y ya. Qué más da. Es lo de siempre. Relájate, Belén, relájate. Estar aquí es el principio del fin, venga.

—Belén, ¿estás lista? Si te parece, pasamos ya. Acompáñame a la consulta.

—Sí, toma.

—¡Gracias! Ponte cómoda.

Pues el despacho es bonito también, y, mira, se sienta contigo aquí en las butacas, como una amiga. Solo os falta el cafecito. ¡Reacciona, eh! Pon atención, que esto te cuesta dinero.

—Bien, bueno. Voy a empezar yo, ¿te parece? Y así voy rompiendo el hielo… Como te decía, soy Carmen y soy psicóloga. Puedo trabajar en terapia individual, en pareja o en familia. Ya lo iremos valorando conforme avancen las sesiones, pero bueno, en principio, a mí me gusta establecer una periodicidad quincenal…

Que sí, que todo esto ya te lo sabes. Que las sesiones que sean necesarias y que las menos posibles. Eso lo dicen todos. Pero bueno, esta chica parece sincera. Que sí, las condiciones, las cancelaciones, la confidencialidad, los sesenta eurazos que te va a costar cada hora que pases aquí…

—También tengo que avisarte de que, si estás aquí porque has cometido algún delito contra la vida o la integridad de alguien y me lo cuentas, yo estoy en la obligación de denunciarlo, así que si fuese así ya valoras tú si prefieres contármelo o callarte, ¿sí? Esto último estoy obligada a avisártelo, pero entiéndelo como un chascarrillo, que no es más que eso. Así que nada. Si te parece, vamos allá… Bueno, Belén, como sabes, mi trabajo, o parte de mi trabajo, es hacer preguntas; pero el tuyo no es contestármelas. No estás obligada a contestarme nada de lo que tú no quieras hablar. Así que, si hay algo que prefieres no responder, o de lo que prefieras no hablar hoy y quieres que lo dejemos para futuras sesiones, no pasa absolutamente nada. Y si notas que en algún momento te bloqueas, o que la cosa se atasca, te animo a que lo compartas, para tratar de llegar juntas a una solución, ¿vale?

—Sí, vale.

—Genial, pues ahora te toca a ti.

—Pues hace meses que no estoy bien. No sé si tiene que ver con Ángel, no sé si soy capaz de echarle de mi vida, no sé si la reforma me está pasando factura ahora, creo que se me están escapando los años y no consigo levantarme de la cama, no sé. Todo está mal.

Pero ¿qué haces? ¿Por qué lloras ahora?

—No, no; ya llegaremos a todo eso. Primero háblame de ti, cuéntame quién eres, qué haces.

—Pues soy Belén, tengo treinta y dos años, trabajo como comercial en una aseguradora, me acabo de mudar a mi casa y no sé, es que no hay mucho más.

—¿Y vives con alguien o tú sola?

—Yo sola.

—Vale, Belén, pues cuéntame entonces por qué estás aquí.

—Quizá estoy en una relación tóxica y no consigo salir de ella del todo. No sé. Tengo a mis amigas, se acabó la reforma y por fin estoy en mi casa. Mi trabajo no me gusta, pero tampoco me gustaba antes. La familia no está bien, pero está como siempre; no creo que sea eso… Estoy triste. No, en realidad no. Estuve triste, creo. Pero ahora no. Ahora me da igual. Ahora estoy desganada y solo siento apatía. No me apetece hacer nada ni ver a nadie ni salir a la calle ni ducharme… No me importa nada, todo me da igual, a todos los niveles; tanto que estoy asustada, y por eso he venido. No consigo callar la cabeza y soy consciente de que lo único que hago es hablarme muy mal y hacerme daño. No sé por qué me pasa esto, porque creo que todo está como siempre. Lo único que cambia es Ángel, pero Ángel lleva tres años ahí y antes yo estaba bien.

—Vale, Belén. Y, cuéntame, ¿qué te gustaría conseguir viniendo aquí?

—No sé. Estar tranquila supongo.

La verdad es que la chica te está haciendo hablar, ¿eh? Cuántas cosas le has contado. Que marques objetivos, dice. Pero ¿qué objetivos vas a marcar tú? ¿Cuál va a ser el objetivo, eh, borrar a Ángel? ¿Así de fácil?

—¡Es que necesito que se calle! ¡QUE PARE DE UNA VEZ!

No funciona así. No, no, no... No puedes pedirme que me calle y hala, no. Tienes que trabajar para silenciarme, Belén. Esto solo lo provocas tú.

—Belén, ¿qué pasa? ¿Qué es lo que tiene que parar? ¿Que se calle quién?

—Carmen, no estoy loca ni nada, pero mi cabeza no para de atacarme todo el rato.

—Tranquila, tranquila, que no pasa nada. A veces la cabeza nos juega muy malas pasadas, nos engaña. Cuéntame cómo funciona, cómo lo sientes, ¿escuchas voces?

—No, no, ya digo que no estoy loca. Es algo así como mi discurso interno, pero no importa. Podemos continuar, estoy bien

—Te había preguntado cuál crees tú que es el problema con Ángel, entonces...

—Supongo que es difícil de explicar; es cómo me hace sentir. A veces es capaz de acostarse conmigo sin darme un beso o sin mirarme a la cara... No sé, como si le diese igual conmigo que con cualquiera, como si yo, como persona, no importara o como si se avergonzase, no sé... Nunca quiere hacer nada en sitios públicos conmigo o me tiene prohibido que hable de él con otra gente. No sé, es extraño. Intenté explicárselo más de una vez, pero me dice que no es así, que son cosas mías, que cómo va a hacer eso. Es que creo que no es ni consciente...

¡Ves como era urgente venir hasta aquí! ¡Mira todo lo que acabas de soltar! Y eso que solo ha sido la primera sesión. Tú

ya pensabas que esto iba a ser como cuando fuiste por la Seguridad Social, claro; una cita de media hora, otra para psiquiatría, una receta para pastillas y volver en unos meses. ¡Pues no! ¿Has escuchado lo que ha dicho Carmen? ¡En quince días! ¡Si es que venir aquí no es un gasto, Belén, es una inversión! ¡Y tienes deberes! Así que esto va a depender de ti, ya puedes ponerte las pilas. Son cosas sencillas, por Dios. ¡Cómo no vas a poder! Escribir un diario requiere un pequeño esfuerzo, vale, pero tampoco tienes que escribir en él cada cosa que haces en el día. Además, Carmen te ha dado ese papel con las pautas. Tienes que indicar cuándo te duchas, cuándo pides comida a domicilio y cuándo ves a gente fuera del trabajo. Nada más. Todo lo que escribas a mayores es solo para tu propio beneficio. Además, te lo ha dicho: si mientes en el diario, a la única a la que le estás engañando es a ti, y eso no te interesa si quieres avanzar. La otra parte de los deberes es que recuperes todo eso que te hacía sentir bien y que has dejado de hacer, aunque de primeras no te apetezca, así que ya sabes. Queda con las niñas de una vez, y habla, sincérate con ellas sobre cómo te estás sintiendo. Cuéntales qué está pasando, que seguro que están preocupadas. Entiendo que te cueste, sí, pero es que es necesario, ya lo has oído. Y ya has llegado hasta aquí, que era lo más difícil; ahora venga, poco a poco, vamos con todo esto. ¡Verás como se puede!

38

Y qué manera de perder las formas

JULIA

Le pido a la morra que me escuche sin enjuiciarme, como si alguna vez lo hubiese hecho. Ella se limita a abrazarme y a decirme que esté tranquila, que a veces las cosas parecen muy grandes y pueden empezar a arreglarse con una lloradita, y que ella trae pañuelos. Me ofrece también levantarnos e irnos a su departamento si creo que puedo estar más cómoda. Le digo que estaría mejor allí, pero que no quiero pisar esa zona de la ciudad, que estaré un tiempo sin visitarla, que no quiero cruzarme con Sergio.

Me pide que me levante y me anuncia que nos vamos. Descubro adónde cuando le pide al taxista que nos acerque a la ETEA. Nunca sé cómo hace esta mujer para llevar en Vigo apenas un año y conocer más rincones de la ciudad que yo, que he estado aquí toda la vida. Llegamos y confirmo que, efectivamente, jamás he estado en este lugar. Es ella quien me cuenta que la zona estuvo cerrada mucho tiempo porque pertenecía a la Armada, que ahora que ya está abierta al público tiene hasta un chiringuito los meses de verano y que, aunque los edificios están abandonados, hay un plan para recuperarlos y mejorar el espacio.

Me dice que descubrió la ETEA en uno de sus paseos matutinos y que a veces se acerca hasta aquí porque estar al lado del mar la ayuda a pensar con más claridad. Es verdad que estamos prácticamente solas, que el lugar transmite absoluta calma y que no tiene pinta de que aquí vaya a aparecer nadie conocido. Caen mis defensas y me permito llorar antes incluso de empezar a hablar. Ella me abraza y me recuerda que no hay prisa, que cuando yo quiera y que le cuente solo lo que me apetezca. Han pasado demasiadas cosas en los últimos días.

Le digo que estoy desbordada. Me seco las lágrimas mientras explico que Sergio ha conocido a alguien, que no paro de pensar en quién será ella, que seguro que yo o alguna de las niñas la conocemos, que la ciudad es pequeña. Le digo que me los imagino en la cama y que intento evadir ese pensamiento, pero me asalta. Que también el hecho de saberlo, de alguna manera, me ha liberado de una carga. Que ha hecho que deje de sentir tanta culpa por lo que hice el sábado con un desconocido. Que en el fondo la sigo sintiendo precisamente porque era un desconocido, y eso no es propio de mí, que qué me pasa. Resuelvo que estoy perdida.

Emilia escucha con atención sin interrumpirme en ningún momento. Me deja vomitar mis pensamientos de manera desordenada; salto de un tema a otro y paso de la risa y la ironía al llanto. Ella me abraza y alterna caras de preocupación con sonrisas de compasión.

Cuando creo que he terminado de contarle todo, se lo anuncio. Le digo que creo que ya está. Que pienso que eso es todo. Que podemos seguir con que estoy incómoda en casa de mis padres y con que lo de ser madre cuanto antes sigue ocupando demasiado espacio en mi cabeza, que me late el útero, pero que todo eso ya lo sabe, así que por hoy está bien.

—Está bien, chava, está bien. ¿Te sientes mejor, menos cargada?

—No sé, sí. Un poco más tranquila, supongo.

—Perfecto. Pues, órale, ahora desvístete, que nos vamos a meter al mar. Porque a mí lo que me late en este momento es un bañito acá.

Le pregunto qué dice mientras estallo en una carcajada que me rellena el pecho de aire.

—Todavía hace sol. Dale, no te detengas a pensarlo —responde mientras se queda en bragas.

Y yo, efectivamente, no me lo pienso.

En ropa interior, avanzamos por la arena y, al alcanzar el agua, el frío nos cala tan dentro que nos miramos para recalcular la decisión.

Quizá bastó con hacer la gracia, pero no hace falta tampoco pillarse un resfriado.

—Corre, va. Dame la mano. En chinga duele menos. —Y le agarro la mano y me dejo ir hasta que me sumerjo en un mar helado. Al salir a flote, me inunda el sonido de su risa y, cuando miro hacia ella, la descubro tiritando.

—Morra, te mueres de frío. Tenemos que salir.

—Pues de frío y de risa, no mames. Es chingón meterse así al mar, Julia. Será normal para ti, pero creo que es la primera vez que lo hago en calzones, sin bañador. ¿A poco crees que ahora nos va a dar tiempo a secarnos? ¡Vamos a tener que volver así, *wey*! ¡Esto está de la fregada! —dice mientras se ahoga en carcajadas.

—Bueno, ya está hecho. No hay vuelta atrás. Pero yo sí que creo que voy a salir ya porque estoy congelada. Gracias, creo que se me han aclarado las ideas.

—Está bien, sí. Yo también me salgo ahorita, que no quiero agarrar una pulmonía.

Nos sentamos en una roca intentando exprimir los últimos rayos de un sol de finales de septiembre que alumbra más que calienta.

—Sí es cierto que me muero un poco de frío, ¿eh? Mira, hasta tengo la piel chinita. Pero ni modo, Julia. Si la vida está cabrona, la mojamos pues. A ver si la asustamos y se relaja —me dice, y la abrazo para darle calor.

Cuando dejamos de gotear, volvemos a vestirnos. Esta vez sin la ropa interior, que sigue apoyada en la roca por si llegase a secarse.

Es curioso estar a menos de diez minutos del centro de la ciudad en un rincón así, tan desierto, con playa… Creo que este es mi nuevo lugar favorito.

Emilia sabe que hay algo más, porque me mira expectante, pero no me presiona. Tiene una capacidad asombrosa, siempre, para facilitar las cosas. Espera pacientemente y rellena la conversación con temas banales hasta que sale de mí decirlo.

—Está decidido. Voy a ser madre soltera.

—¡A huevo, Julia! Decidido ya estaba, solo que ahora es oficial porque ya lo dices en voz alta.

—Ahora es oficial porque anoche lo vi muy claro. Estuve horas y horas leyendo sobre la mejor manera para hacerlo. No he decidido aún si será o no a través de la Seguridad Social, pero, como necesitaba avanzar en algo, esta mañana he llamado a una clínica y, este mediodía en mi hora de comer, he ido a hacerme una prueba de fertilidad para comprobar mi reserva ovárica.

—¡No manches, amiga! ¡Si me retraso en verte una semana, me apareces ya con bebé o qué! ¿Cómo que una prueba? ¿Qué te hicieron o cómo? ¿Necesitas reposo o algo? ¡Y yo aquí metiéndote al agua!

—No te preocupes, que no pasa nada. La prueba fue solo un análisis de sangre. Van a comprobar mi hormona antimülleriana para confirmar la cantidad de óvulos fértiles que tengo y así ver cómo está todo de cara a intentar empezar el proceso de reproducción asistida.

—¿O sea, nada más un pinchacito y ya sirve para que te digan todo? *Wey*, es cómodo. Está bien. ¿Y cómo te sientes ahora? ¿Cuándo te dicen? ¿Te citan o te llaman o qué?

—Me dan los resultados en un máximo de cuarenta y ocho horas; es decir, el viernes. Pero quizá los tienen antes. Me los envían por mail.

39

Era distinto en 1932

SOFÍA

Comiendo con la abuela, me pidió que contactase con el hombre que arregla televisores. Dice que la televisión no le funciona desde hace un par de semanas, que no había comentado nada a nadie por no molestar, pero que, ya que estaba yo por allí, si le hacía el favor y le echaba un ojo. Que ella hace todo como siempre, pero que la enciende y se ve negro. Yo lo intenté y toqué todos los botones del mando a distancia esperando que fuese un problema en la configuración, pero no.

Hace más de quince años que esa televisión preside el mueble de su salón; obsolescencia programada. Mucho ha durado. Al comentárselo, me dijo que no entendía qué era eso, pero que llamase al señor que arregla televisores y solucionado, que ella le pagaba. Se quedó de piedra cuando le dije que yo no conozco a ningún señor que arregle televisores y su única pregunta fue si es que yo no tenía tele en casa.

Mi abuela Mariña está acostumbrada a que, si las cosas se estropean, se arreglan. Así ha sido toda su vida. Lo primero que pienso yo cuando compruebo que su tele no funciona es en que hay que comprar otra. Y esta diferencia de pensamiento tan sencilla ante un tema tan ridículo lo abarca todo.

Antes era el abu quien se encargaba de arreglar las cosas de casa; él conocía al señor que arreglaba la tele, según me contó mi abuela. Antes, si dejaba de funcionar, la tele, la radio, la lavadora o lo que fuese, el abu hacía un primer intento por solucionarlo. Desmontaba el aparato, lo trasladaba unos días al taller que tenía montado en el garaje y, la gran mayoría de las veces, lo que fuese que estaba averiado volvía a aparecer en el sitio funcionando como antes del suceso. En caso de que el abu no pudiese arreglarlo, llamaba a un señor amigo suyo que casi siempre lo conseguía. La abuela Mariña me dijo que después, más tarde, cuando yo era pequeña, el abu lo que hacía cuando no lograba arreglar las cosas era llevarlas a una tienda de reparaciones. Me preguntó si yo no podía llevar su tele a una tienda de reparaciones.

Yo no conozco ya esas tiendas. Le he preguntado a Google, pero tampoco me ha aclarado nada con sus respuestas. Me recomienda tiendas de electrodomésticos y grandes almacenes, pero no voy a cargar hasta allí un aparato de más de quince años comprado en otro sitio para que me digan lo que ya sé, que tengo que comprar uno nuevo.

Aprovecho la hora de la cena para llamar a mi madre. Le cuento el problema que tiene la abuela con la televisión y le propongo que le regalemos una nueva. Mi madre me dice que sí, que no me preocupe, y me recuerda que hace mucho que no me ven, que si estoy bien. Dice que todavía no me han dado su regalo de cumpleaños y me adelanta que es dinero para que vaya a visitarlos pronto. Le prometo que el domingo voy a comer con ellos. Me gustaría tener la certeza de que le habría dicho lo mismo sin el incentivo económico. Me molesta pensar que no lo sé.

Abro de nuevo el cajón de las bragas y establezco contacto visual con las pruebas de embarazo. Siguen ahí, esperando mi primera meada de mañana por la mañana. ¿Qué pasa si el domingo tengo que contarle a mi madre que estoy embarazada? ¿Se lo contaría realmente o esperaría a tomar una decisión antes de decir nada?

Me siento en el sofá y enciendo una vela que me he traído de casa de mi abuela. También me ha dado una estampita de una Virgen que, según ella, me protegerá y me traerá buena suerte. Mi abuela Mariña es una persona muy mística y va sobrada de recursos. Siempre tiene un remedio para todo, sea cual sea el mal que aceche. A modo de refuerzo, siempre se ofrece a pedir por lo que haga falta en misa y a rezar un par de oraciones para que la solución sea más rápida y eficaz.

Envidio a veces la vida de la abuela Mariña. Sé que no lo tuvo nada fácil, que incluso pasó hambre, que nunca ha viajado en avión, ni siquiera ha salido de Galicia, que aprendió a leer y a escribir ya siendo adulta y que ahora pasa demasiado tiempo sola. Pero creo que ha sido una mujer feliz. Ahora es verdad que echa mucho de menos al abu, porque hace cinco años que él no está y cuando se murió seguían enamorados.

Sesenta y ocho años llevaban juntos cuando el abu enfermó de cáncer y dejó de ser el abu en apenas unos meses. La abuela cuidó de él hasta el final. Creo que le quiso más incluso cuando ni él mismo era capaz de reconocerse. Mis abuelos paternos fallecieron cuando yo era todavía una cría, pero también estuvieron casados durante más de sesenta años y también se quisieron hasta el final. Es verdad que mi abuela siempre vivió para complacer y servir a mi abuelo, pero ella nunca llegó a saber que aquello no estaba bien. Yo de todo esto ya me enteré después, con el relato familiar.

Pero acabo de cumplir treinta y dos años. Si pienso en el abu y la abuela Mariña como referentes, tendría que conocer a alguien hoy mismo y quererle hasta cumplir los cien. Me parece más imposible la idea de querer y cuidar de alguien durante tanto tiempo que la de vivir hasta el centenario.

Envejecer en pareja ya no está en mis planes. Crecí en un mundo que, por ser mujer, me impuso casarme con un hombre y tener hijos como dogma, pero ese mundo ya no existe. Nadie lo echa de menos. Me gustaría preguntarle a mi abuela Mariña con cuántos hombres tuvo relaciones sexuales además de con el abu. No me atrevo, claro. Me cruzaría la cara. «Ay, por Dios, *neniña*, pero cómo se te ocurre», diría. Pero sí que puedo tratar de contar con ella a cuántos hombres ha conocido en sus ochenta y ocho años de vida. O a cuántos había conocido hasta que cumplió los quince y se encontró con el abu. Sé que empezaron a salir a esa edad, pero la verdad es que no recuerdo que me haya contado nunca cómo se conocieron.

Pongamos que, entre los hombres de la aldea, su familia y algún familiar de algún vecino que se acercase por el pueblo a las fiestas, la abuela habría conocido ¿a qué?, ¿a cuántos?, ¿a treinta o a cuarenta hombres? A los quince años, solo por el patio del colegio y las actividades extraescolares, yo ya conocía a cientos.

Mi abuela, mis abuelos, todos… elegían entre lo que podían. No había más. Si un hombre aseguraba un buen porvenir, se convertía en un buen partido. La mujer ganaba puntos como ama de casa: cocinar, lavar la ropa, cuidar de los críos, echar una mano en el campo… Supongo que esos eran los criterios antes.

No tengo claro a cuántos hombres pudo conocer mi madre antes de casarse con mi padre ni a cuántas mujeres trató de conquistar mi padre antes de que mi madre le comprase el discurso, pero lo que sí sé es que ellos aún tenían que pasar por el altar. Casarse, tener hijos, comprarse un piso, tener un coche y poder permitirse vacaciones. El plan de vida cuando ellos tenían nuestra edad estaba claro. Les daban una lista cerrada y la autorrealización personal pasaba por ir tachando hitos vitales que venían impuestos. Supongo que eran menos libres, pero se sentían completos y realizados. Su felicidad era directamente proporcional a la cantidad de cosas que lograsen tachar de la lista.

Cuando nosotros, mi generación, llegamos al mundo, todo funcionaba más o menos igual. Había algunos avances, por supuesto. Ya eran muchas las madres que trabajaban y eso permitía ofrecer a los hijos más oportunidades. Eran tiempos de bonanza económica en los que la burbuja no hacía más que crecer. Tiempos en los que a su lista de hitos vitales añadieron la segunda residencia —una casa de verano, un apartamento en la playa...—. También confeccionaron una lista para nosotros. No distaba mucho de la que ellos habían tenido, pero, dado que se había ampliado la oferta, crecieron las exigencias.

Nosotros también crecimos con las expectativas vitales de casarnos, tener hijos, formar una familia, comprar una casa, tener un par de coches, poder irnos de vacaciones... En los noventa, sin embargo, el discurso pasaba por alejarnos de las drogas. A la generación de nuestros padres, el tema los pilló desinformados, pero pasados unos años les sobraba información para saber que desde luego no querían aquello para sus hijos. Entre los requisitos que tenía que cumplir mi generación también estaba el de estudiar una carrera. Había dinero; los padres y las madres siempre han querido que su prole consiga llegar más lejos de lo que ellos han podido, y en nuestro caso eso pasaba por ir a la universidad.

Te aseguraban y te prometían que, si ibas a la universidad, nunca te iba a faltar trabajo. Si no querías estudiar, siempre podrías trabajar en una obra o en algún puesto no cualificado por un sueldo digno que igualmente te iba a permitir vivir. Pero el capitalismo se abría paso, y una carrera aseguraba un sueldo mejor, una casa mejor, un coche mejor, un estatus mejor.

Así pues, estudiamos todos. Mientras hacíamos la carrera explotó la famosa burbuja y, cuando terminamos nuestro periplo en la universidad, la hoja con retos vitales que contenía la lista con todas nuestras expectativas no era más que papel mojado. No había trabajo ni sueldos dignos; tocaba un sobre-esfuerzo desde casa para un máster que prometía diferenciación, pero que acabó por igualarnos más aún a todos.

Al mismo tiempo, se cayó la Iglesia como institución; dejó de importarnos el matrimonio. Dejó de importarnos hasta lo de tener una pareja estable, porque quién iba a querer solo una pudiendo tener muchas más. Dimos la bienvenida al sexo sin compromiso, al falso albedrío de las relaciones abiertas, al poliamor. Nos convencimos de que el regreso al techo familiar era una escala que nos tocaba aceptar y priorizamos viajar, salir a cenar, comprarnos ropa, tener experiencias. Abrazamos el individualismo.

Nos emborrachamos de independencia, libertad y posibilidades. Y ahora, ahora, no soportamos la resaca.

Ahora nada nos parece suficiente, inconformistas por excesivos caprichos consentidos. Siempre tendremos pendiente un nuevo viaje, un destino distinto. Siempre un sueldo más elevado, mejores condiciones. Siempre es posible encontrar una pareja con la que todo funcione mejor, con la que no me molesten estas cosas, con la que esto otro no sea un problema.

Ahora no queda nada de las expectativas con las que crecimos, pero tampoco hemos construido otras. La lista de posibilidades es infinita, y eso convierte la ambición en inabarcable. ¿Qué se supone que hacemos entonces? Yo quiero lo que me prometieron; o no, ni siquiera sé ya si eso es lo que quiero. Lo que sí deseo es vivir tranquila.

Lo que sí querría es no envidiar la felicidad de mi abuela pese a ser consciente de su vida desgraciada. Quiero el trabajo que me prometieron con mi carrera, o no, quiero que el trabajo me permita vivir, quiero poder plantearme si quiero o no quiero una familia. Necesito que la vida adulta deje de arrollarme una y otra vez; necesito un descanso en el arcén.

Me meto en la cama sin cenar e, intentando escapar de la marea de pensamientos que empiezan a levantarme dolor de cabeza, entro en Tinder. Un catálogo de perfiles en los que hombres —y mujeres, claro, yo también estoy aquí— exponemos en un escaparate nuestro físico y elaboramos un breve discurso en el el explicamos, en unas líneas, por qué somos la mejor opción. La finalidad de todo esto es que nos elijan, que personas desconocidas confirmen que sí, que nuestra candidatura les encaja más que todas las demás, que lo que tenemos que ofrecer les interesa. Analizarlo me revuelve el estómago. Apago el móvil y busco bajo la almohada el Satisfyer, placer exprés antes de dormir pulsando un botón.

JUEVES

40

Qué voy a hacer

CLAUDIA

Que la vida puede cambiar en un minuto me tocó aprenderlo de niña, cuando perdí a mi padre, pero es algo que resulta sencillo de olvidar. En el día a día se instalan los horarios, los quehaceres, la rutina y, salvo pequeños sobresaltos, buenos o malos, las cosas no suelen alterarse de forma definitiva. Esta tarde ha sido uno de esos días en los que un estímulo provoca un presentimiento malo y, por miedo a confirmarlo, preferí dejar planear la duda durante un tiempo.

He salido del bufete un par de horas antes de lo habitual; no porque se acortase la jornada, eso en mi trabajo nunca es una posibilidad, de hecho, lo normal es que la jornada se alargue. Adelanté mi salida de la oficina porque tenía una reunión con un cliente. Aproveché el trayecto en Uber para encender mi móvil personal, pues en horario laboral tengo que mantenerlo apagado y así lo hago, y, tras meter el pin, me inundaron las notificaciones. Trece llamadas perdidas de mi madre y un wasap pidiendo por favor que la llamase urgentemente.

Le había pasado algo a mi abuela. No respondí el mensaje ni llamé a mi madre. No era necesario. La urgencia en mi casa siempre ha significado desgracia. Nunca le he encontrado el sentido a que la prisa llegue tarde, pero los comportamientos familiares siempre vienen dados. La reunión era importante, no ir no era una opción. Así que maldije no haber visitado a mi abuela el pasado fin de semana y me dispuse a visitar al cliente asimilando que no habría opción de verla más. Antes de entrar, le envié un mensaje a Pablo informándole de que había pasado algo y apagué otra vez el teléfono; después, lo dejé caer de nuevo en el bolso.

Él debió de darse cuenta de que lo había desconectado, porque respondió al móvil del trabajo:

> Estate tranquila, ya he hablado con tu madre
>
> Llámame cuando salgas
>
> Yo me voy ya para casa

Tranquila, decía. ¿Cómo iba a estar tranquila? Quizá la abuela solo se había caído, quizá no era tan grave, pero se ha caído más veces y mi madre no había reaccionado nunca con esta urgencia. No creo que sea una tontería... Tampoco sé desde cuándo mi madre comenta las cosas con Pablo antes que conmigo ni qué hace Pablo yéndose a casa a estas horas... Lo sabría al salir de la reunión, así que, aunque llegué a la oficina del cliente quince minutos antes de la hora acordada, entré por allí preguntando con diligencia si podíamos empezar.

Al salir decidí no volver a pasar por mi despacho y regresar a casa con Pablo. Aproveché el trayecto de vuelta para llamar a mi jefe y contarle, con todo detalle, la reunión en la que tendría que haber estado, pero a la que no se molestó en asistir. Para qué, si ya se lo cuento yo. El cliente acepta nuestras condiciones y en una semana firmamos el acuerdo. Como respuesta a su enhorabuena y a que no sabe cómo agradecerme el esfuerzo, le comunico que hoy no vuelvo ya por la oficina, que me dirijo a mi casa. No aplaude mi decisión, pero tampoco la critica. Me sirve. Cuando cuelgo, el taxi se detiene justo frente al portal.

Vuelvo a encender mi teléfono en el ascensor y siguen llegando llamadas perdidas de mi madre, así que entro en casa un poco desesperada y le exijo a Pablo que me cuente qué ha pasado.

—No ha pasado nada...

—Nada no, Pablo, que mi madre me ha llamado más veces esta tarde que el último mes. Y que no ha conseguido hablar conmigo y te ha llamado a ti. ¿Cómo está la abuela?

—¿Qué? Esto no tiene nada que ver con tu abuela, Claudia, por Dios. Relájate. No es nada grave. Habla con tu madre y luego hablamos tú y yo, porque esto...

Antes de que termine la frase, mi teléfono suena de nuevo. Mi madre me pregunta que si estoy bien, que si me ha pasado algo, que por qué es tan complicado localizarme, que cómo se me ocurre, que me imagine qué pasaría si lo que me tiene que decir es grave. De ese ejemplo que utiliza deduzco que lo de hoy no es tan serio y le pido por favor que desarrolle lo que sea que me tiene que decir.

Me cuenta que el fin de semana estuvo muy a gusto con nosotros en casa. Que además nos vio contentos, que notó que estábamos cómodos, que Galicia nos sienta bien... Yo no entiendo adónde quiere llegar con todo esto. No me creo que mi madre haya montado este jaleo para decirme semejante obviedad, así que apuro las respuestas y le digo que sí, que claro, que Galicia le sienta bien a cualquiera. Ella aprovecha mi contestación y me pregunta a quemarropa si nos vemos volviendo a casa a corto plazo. Yo arrugo el entrecejo mientras tanteo las consecuencias a cualquier cosa que diga, porque sigo sin entender nada, y Pablo me observa con los ojos muy abiertos.

225

Estudia mis reacciones; yo lo sé, y él sabe que lo sé. La mirada le delata.

Finalmente, mi madre lo suelta. Le pareció que Vigo nos hacía felices, sabe que no estaríamos dispuestos a volver ahora porque sí, sin nada, así que ha hecho un par de llamadas, ha hablado con un viejo amigo de la familia, y tengo encima de la mesa una oferta de trabajo. Pronto habrá otra para Pablo, me advierte, pero, por ahora, la que hay es esta. Es para mí y para incorporación inmediata, tanto que tendría que empezar el lunes.

Me dice que es un bufete en el que entraría como abogada sénior y con muchas posibilidades de desarrollo personal y crecimiento profesional. Me habla de un sueldo que supera ligeramente mi cifra en Madrid y, después de soltar la bomba, me dice que tiene que colgar porque se va a jugar la partida con sus amigas, que me lo piense y que mañana le diga algo. Así lo hace, se desconecta de la llamada y yo me quedo con la palabra en la boca y sin derecho a réplica. Cuelgo.

Pablo me pregunta qué me parece, qué opino, qué pienso, qué quiero. Buscamos el bufete en internet y, aunque ya nos sonaba, tiene bastante más prestigio del que pensábamos. Busco también ofertas laborales en Vigo que sean de nuestro sector, por si el plan pudiese ser un cambio con buenas condiciones para Pablo. Le comento que hay un par de cosas que quizá podrían encajarle y que, en cualquier caso, sería algo temporal hasta que mi madre encontrase también algo para él.

—Clau, es que yo no me quiero marchar... —Su respuesta provoca un cortocircuito en un esquema mental que yo estaba ya coloreando...

—¿Cómo que no? ¿Eso quiere decir que tengo que decirle a mi madre que no sin pararme a pensarlo ni un poquito? Sabes que no estoy contenta en mi trabajo. No hace ni una semana que estuvimos en Galicia hablando de que vivir allí no te parecía mal, y ahora… ¿Ahora es «no» sin darle ni media vuelta? No me parece justo, Pablo.

—No, yo no he dicho eso. He dicho que por mi parte, ahora mismo, es un no. Están a punto de ascenderme, he trabajado mucho para llegar hasta donde estoy en la empresa, me valoran, apuestan por mí… Y si me marcho, además de todo el trabajo que tiraría por la borda, les fallo a mis padres. Ya sabes que ellos me consiguieron este puesto, que son muy amigos de los socios. No puedo desaparecer sin más, no lo entenderían.

—¿Y yo tengo que renunciar a una oportunidad buena para mí porque no se sientan mal las personas con las que tus padres comparten la sobremesa los domingos en el club?

—No, Claudia, desde luego que no. Si a ti la oferta te convence, yo soy el primero en recomendarte que hagas las maletas y la aceptes.

—Pero ¿cómo que haga las maletas, Pablo? ¿Y nosotros? ¿Y la boda?

—Bueno, para la boda no tenemos fecha, así que podemos fijarla cuando queramos. Si no es el año que viene, puede ser el siguiente. Que decidas crecer profesionalmente no va a hacer que deje de querer casarme contigo.

—Yo no quiero esperar un año más.

—Pues mantenemos el próximo verano; es lo de menos. Lo que quiero que tengas claro es que, si decides regresar a Galicia, no se acaba el nosotros. Y lo que necesito que entiendas es que el nosotros no es menos porque ahora mismo no pueda acompañarte; quizá, si allá estás bien y te gusta y todo está funcionando, en un par de años yo puedo pedir a los socios trabajar a distancia. O sentarme con ellos para valorar una salida. O quizá aceptas la oferta y cuando te instalas en Galicia y comienzas a trabajar la cosa no es como te la imaginas ahora y decides volver. Es que no podemos saberlo, tendremos que adaptarnos. Pero quiero que tengas claro que, si decides aceptar, cuentas con todo mi apoyo. Y que me gustaría que tomaras la decisión pesando en ti, no en la boda ni en mí ni mucho menos en mis padres. Quiero que pienses únicamente en lo que te apetece a ti, en lo que creas que es mejor para tu carrera, como si yo no existiera. En qué harías si la decisión dependiese únicamente de ti. Y quiero que sepas también que, decidas lo que decidas, yo seguiré a tu lado.

—Si no existieras, hace años que habría vuelto a Galicia, Pablo. Ya lo sabes. Mi sitio está allí y mi madre está sola.

—Pues creo que ya tienes una respuesta…

Me abrazo a Pablo agradeciendo mi suerte. Supongo que volver a casa es lo que yo quería, pero en mi cabeza no existía la posibilidad de hacerlo sola. Una relación a distancia no me convence, pero me esfuerzo en pensar que es temporal y, además, Pablo me da seguridad. Hay varios aviones todos los días entre Vigo y Madrid, el trayecto dura menos de una hora. Es que podríamos vernos todos los fines de semana. No sería mucho menos de lo que nos vemos ahora con estos horarios. Si me voy, no tendremos que alquilar otro piso aquí. También sería una forma de ahorrar para la boda. Y yo podría implicarme más en su preparación…

41

No me acostumbro a percibir de nuevo el equilibrio

Belén

Me parece bastante asombroso que, sin que haya cambiado nada, logre por fin sentirme mejor después de haberle contado todo a una desconocida. *Aquí no se consuela quien no quiere.* Supongo que la terapia también tiene una parte de efecto placebo. *Por supuesto.*

Salgo de la oficina pensando qué trayecto tomaré para llegar a casa. Tardo quince minutos caminando y puedo pasar por delante de tres supermercados diferentes. Creo que pararé en el grande, me apetece cenar un carpaccio y allí lo venden preparado. *Como la comida a domicilio tienes que registrarla en tu diario, optas por comida preparada. No vale, Belén. Eso es trampa.* Quizá hasta puedo abrirme un vino. *Bueno, bueno.*

Siento que algo tiene sentido por fin, después de mucho tiempo, que lo estoy haciendo bien. *A ver, esto acaba de empezar y es largo. Es bueno que estés animada, pero no te pases. Además, recuerda lo que te dijo la psicóloga sobre consumir alcohol. Si quieres brindar, que sea con 0,0.*

Ya que he venido hasta aquí, me apetece consentirme algunos caprichos; al carro el chocolate caro, un poquito de jamón del bueno para los desayunos, ¿es nuevo este café de importación? *Di que sí, claro.* Aunque yo no vaya a beber, debería tener algo en casa para las visitas. Tengo que revisar la sección de cremas, que me han salido unos granitos. Y el carpaccio, claro. Listo. *Y ahora te van a timar, pero eso ya lo sabes.* Un día es un día, no pasa nada. Esto forma parte del autocuidado. ¿Cuánto pueden ser estas cuatro cosas, sesenta euros? La pantalla marca ochenta y cuatro, y paso la tarjeta sin pensar demasiado. Ya puede funcionar la crema, porque creo que es lo que me ha descuadrado la cuenta. *Un día es un día, ¿no?*

En la puerta del supermercado, un señor me pide una moneda. Le digo que me disculpe, que no llevo nada suelto. Está sentado sobre un paquete de briks de leche, a su lado tiene una bolsa de la compra de la que sobresalen algunos artículos. Me dice si puedo comprarle algo, que tiene dos niños pequeños. Lo que sea, cualquier cosa, insiste. Le digo que no podrá ser hoy, que lo siento, que otro día. *¿De verdad acabas de ser capaz de hacer eso? Ochenta y cuatro euros de compra porque te apetece cenar carpaccio y a este señor, que se ve que lleva aquí todo el día y que tiene niños en casa, ¿nada?*

No me apetece volver a entrar en el supermercado, pero tampoco me voy a casa tranquila sin hacer nada, así que busco en mis bolsas el chocolate bueno que elegí hace un rato y, cuando lo localizo, regreso sobre mis pasos para introducirlo en la bolsa del señor. Me pregunta si solo voy a darle eso y me entran ganas de recuperar mi capricho, pero respiro y emprendo el camino a casa. *Es que eres tonta, Belén.*

42

Las cosas que te hubiera dicho

IRENE

Claudia nos ha enviado uno de sus audios. Yo siempre los escucho, pero sé que soy la única. Ella también lo sabe, por eso hoy, cuando ha enviado a media tarde un mensaje de casi cinco minutos de duración, ha añadido un comentario de que por favor lo escuchásemos, que era urgente e importante.

Después de hacerlo, la verdad es que solo tengo una conclusión: el mundo sigue siendo el de siempre y la meritocracia una forma más de hacernos sonreír mientras formamos parte de la representación. Este teatro es una farsa y aquí sigue pasando lo que ha pasado toda la vida: el que tiene padrino se bautiza, y el que no no. No hay más.

Cuando somos más pequeños, las diferencias se notan en el día a día, están en la marca de las deportivas o de la sudadera de moda, están en los destinos cada vez que llegan las vacaciones, están especialmente establecidas en términos económicos. Pero, claro, eso conlleva muchas más cosas. De mayores ya no hablamos de dinero. Comentar con Claudia el de la familia de Pablo, por ejemplo, le parece soez. Ella lo piensa también, pero no lo dice. De mayores entran en juego el poder y las relaciones. De mayores las diferencias importantes no están en la marca de ropa. De mayores resulta que el trabajo viene a buscarte a casa; es más, si es necesario, el trabajo puede incluso traerte a casa.

Habrá en Vigo abogadas de sobra con experiencia acreditada deseando ansiosamente una oferta laboral como la que Claudia tiene sobre la mesa, por supuesto que las habrá. Pero ellas nunca llegarán a conocer la vacante. El proceso no puede ni siquiera ser calificado de injusto, porque directamente no existe. No hay proceso. Hay un puesto que se le ofrece a una única persona que ha tenido la suerte de heredar un apellido. O quizá es aún más bochornoso y es precisamente el apellido el que origina la creación del puesto. Todo a medida, es que me alucina la vida cuando el dinero no es una preocupación.

Obviamente, lo que le diremos a Claudia en el grupo es que ojalá diga que sí y que nos gustaría tenerla de vuelta. Una cosa no tiene que ver con la otra. A mí me parece genial que regrese una amiga a la ciudad, pero soy objetiva en mis opiniones.

Con todo esto de Claudia no he llegado a salir de la clínica; llegué al vestuario, me lie escuchando su audio y me han dado las ocho. Va a parecer que estoy haciendo tiempo para fichar más tarde y simplemente me he despistado. Me percato cuando llaman a la puerta; alguien más se quiere cambiar. Pido un minuto para terminar de calzarme, recojo las cosas un poco a la carrera y salgo apurada disculpándome.

Me topo de frente con Pedro, que me ofrece su mejor sonrisa mientras me aclara que no me preocupe, que él no tiene prisa. Me pregunta si voy a algún sitio, si tengo plan ahora al salir. Yo me aparto de la puerta del vestuario cediéndole el paso y respondo que no, que en principio no voy a hacer nada, que si necesita ayuda con alguna cosa o que por qué lo pregunta. Sonríe de nuevo y me dice que no me lo pregunta para que le eche una mano, que simplemente le apetece tomar algo y que, si lo veo bien, le gustaría que le acompañase. Así como lo dice, cierra la puerta para cambiarse y me quedo fuera, claro, aguantando mi respuesta en la punta de la lengua y agradeciendo que me haya obligado a posponerla para no parecer tan ansiosa.

No tarda nada en volver a salir. Le observo desde el mostrador de la clínica y sonrío ante su gesto contrariado cuando no me ve a primera vista. Cuando me localiza, me guiña un ojo; ya no quedan pacientes a estas horas y recorre con calma el pasillo que nos separa. Se detiene a apagar la luz de cada una de las salas y le pide a Toñi, la mujer que se ocupa de la recepción y las citas, que por favor le cuente a qué hora llega su primer paciente de mañana. Se anota la información, le da las gracias y se despide recordándole que no compre puerros ni lechugas, pues él mismo se los traerá de su huerta. Abre la puerta para salir y me cede el paso.

—Irene, ¿te vienes?

—Sí, perdón. Voy. —Y salgo tras él pensando en que, como yo soy la local, me tocará proponer un sitio. Además, tendrá que ser algo cercano para que luego pueda acercarse por aquí a recoger su coche.

—¿Alguna preferencia o nos vale este bar de la esquina?

—El café ahí está asqueroso, pero la cerveza viene embotellada, así que por mí perfecto.

Nos sentamos en la terraza y me cuenta que no soy la primera de la clínica con la que se sienta a tomar algo. Saberlo me pincha el globo de ilusión y me pone los pies en el suelo; supongo que le agradezco la franqueza. Dice que trabajando todo va muy rápido, que apenas tiene tiempo para conocernos y que, como compartimos muchas horas en el mismo espacio, pretende saber de nosotras algo más que nuestros horarios.

Ahora mismo es el único hombre de la clínica. Además de Toñi, la recepcionista, trabajamos en ella dos higienistas, una auxiliar, otra odontóloga y la directora, que solo visita su despacho de vez en cuando. Pedro me explica que el próximo lunes se reunirá con ella, que quizá empiece a venir más días, que con los tres que viene ahora no llega.

Está dispuesto a dejar sus otras clínicas. Cree que este sitio le gusta como para implicarse en una jornada completa ya de lunes a viernes. Si así fuese, dice, no le importaría mudarse a la ciudad. Y explica de nuevo que esto de tomar algo lo considera necesario para conocer al equipo antes de tomar una decisión. Le gusta saber con quién trabaja.

Yo me mantengo en la conversación intentando extraer los metadatos de cada una de sus respuestas. ¿Habla en singular cuando se refiere a mudarse? ¿Es normal esto que propone de conocer al equipo? Es la primera vez que un compañero de curro me entrevista para decidir si trabaja o no en el mismo sitio que yo. Es raro.

La segunda cerveza arrima la conversación hacia temas más personales. Dejando a un lado sus requisitos profesionales y la tara de estudiar a sus compañeras, parece un tío majo. Trato de manipular disimuladamente la conversación para hacerle confesar qué pasa con su vida sentimental; busco un desliz en plural, una referencia a alguien más, algo que delate si vive solo, acompañado, con sus padres... Pero nada. Creo que me ha pillado, que sabe lo que estoy buscando y mide cuidadosamente cada una de sus respuestas. No da a entender que esté solo, pero tampoco con nadie. Resuelve todo desde la absoluta ambigüedad y parece que lo hace cómodo, que le sale natural. A mí eso me molesta, pero no puedo decírselo; no hoy, no todavía.

La conversación fluye por temas diversos y de repente la noto, está ahí, la puta atracción mental, el juego de seducir una cabeza que piensa. Tengo que frenarlo, no puede ir la cosa por ahí. No hoy, no con él, no todavía.

Con la tercera ronda me anuncia que, ahora que la ha pedido, ya no podrá conducir, así que se quedará aquí en algún hotel y podemos alargar un poco las cervezas. Yo no sé si eso va con segundas o si es que sigue tratando de deslumbrarme con su integridad, pero le aplaudo la decisión sin hacerle una fiesta excesiva y devuelvo el golpe diciendo que, en cualquier caso, yo como mucho me tomo una más, que mañana madrugo y no puedo permitirme trabajar de resaca. Se ríe y brinda por ello mientras me recuerda que mañana curramos juntos.

43

E agora nada faz sentido

Julia

Me han enviado un correo electrónico con los resultados de mi analítica. Un correo electrónico en el que explican que el valor medio de la hormona antimülleriana a mi edad es de 2,1 ng/ml y que, lamentan comunicarme, en mi caso los resultados indican que estoy en 0,5 ng/ml. Por tanto, mi reserva ovárica es baja.

No sé qué significa eso; no le contraté a la clínica el pack prémium que incluía la explicación por parte de un profesional. No lo vi necesario y pagué únicamente por la analítica y los resultados. Me lo tomé como un trámite, una certificación de que podíamos avanzar en el proceso desde una buena casilla de salida. No me paré a pensar en la opción de que, sin antecedentes previos de nada que tenga que ver con esto, pudiese existir a mi edad una casilla mala.

Reviso el PDF una y otra vez, como si con más atención fuesen a variar los valores que refleja. Repaso una vez más el apartado de observaciones; una frase resaltada en negrita en la que me recomiendan ver a un médico y apuntan a que, tenien-

236

do en cuenta los resultados, podríamos estar ante una menopausia precoz o un fallo ovárico prematuro. Se despiden con un «Gracias por confiar en nuestros servicios».

Busco el número de la clínica y llamo una y otra vez; son las nueve de la noche, es normal que no respondan, pero me tomo el asunto como si estuviesen evitando cogerme el teléfono deliberadamente. Al cuarto o quinto intento, me responde una mujer que me escucha llorar, pero que no consigue descifrar nada de lo que le digo. Me pide que me calme. Le exijo, entre lágrimas, que me explique. Me dice que ella no puede explicarme nada, que simplemente contestó al teléfono porque sonaba mucho y le pareció urgente o grave, que ella es solo la limpiadora y que en la clínica no habrá nadie hasta mañana a las ocho de la mañana. Le vuelvo a preguntar si esto quiere decir que no voy a poder tener hijos y me vuelve a decir que ella no lo sabe, que ella solo limpia. Me advierte que me va a colgar, me da las buenas noches y me dice que lo siente.

Lo siente. Lo siente porque sí que sabe que esto quiere decir que no voy a poder ser madre. Que estoy podrida. Que tantos dolores de regla soportados no han servido para nada. Que lo único que tengo claro en la vida, que es que quiero tener un bebé, no va a poder ser. Que lo siente porque sabe que he tirado por la borda mi relación con Sergio para nada. Que ahora que estoy estropeada no me va a querer nadie y que me lo merezco, por egoísta. Que soy quien verá a Sergio paseando con un carrito y me arrepentiré de todo. Que lo siente. Claro que lo siente. Yo también lo siento. Vaya si lo siento.

Me encierro en el despacho de mi padre para imprimir el PDF con los resultados e intento mantener la calma, quizá en papel no parezca tan grave como en la pantalla. Mi madre grita de fondo que la cena está lista. Si no respondo, vendrá. Si le devuelvo el grito anunciando que no quiero cenar, vendrá. Le digo que ahora voy y meto prisa a la impresora con la mirada. Cuando escupe por fin el folio, me desplomo en la silla.

Baja reserva ovárica: 0,5 ng/ml

Tras los resultados obtenidos, podríamos encontrarnos ante un diagnóstico de menopausia precoz o un fallo ovárico prematuro.

Observaciones: Recomendamos ampliar las pruebas y asistir a consulta médica.

¿Y si lo que quieren en la clínica es simplemente que pague por la dichosa consulta médica? ¿Y si lo que buscan proponiendo ampliar las pruebas no es más que obligarme a gastar dinero buscando un diagnóstico esperanzador? Mi madre vuelve a gritar; que la cena se enfría, dice. No soporto vivir en esta casa. Doblo los resultados y me los guardo en el bolsillo trasero del pantalón. Apago la impresora, me seco las lágrimas y salgo del despacho hacia la cocina.

—Uy, vaya cara, ¿no? ¿Ha pasado algo?

—No, papá, tranquilo. No ha pasado nada.

—¿Estás segura, cariño? —A mi madre nunca le basta un «no»—. La sopa de Juani te encanta y ni siquiera la has probado. —Juani es la persona que trabaja interna en casa de mis padres. Me sonríe desde una esquina de la cocina mientras termina de limpiarla; ella no se sienta a cenar con nosotros a no ser que esté yo sola en la mesa. Nos entendemos bien. Es por eso que, cuando la miro para que me vea probar su sopa, me lee el semblante y, con una disculpa, se retira a su habitación. Ahora que estamos solos, siento que tengo que hacerlo.

—Mamá, papá, no me apetece cenar. No tengo hambre. Acaban de llegarme los resultados de una analítica que me he hecho para ver si todo está bien con mis óvulos y si soy fértil, y no son buenos. De hecho, son muy malos.

—Ay, cariño, pero ¿qué analítica? ¿Cómo que fértil? ¿Para qué quieres ser fértil ahora si acabas de dejarlo con Sergio? ¿Y si querías ver algo de eso por qué no has llamado a Felipe, nuestro ginecólogo de toda la vida? ¿Dónde te has hecho eso?

—Mamá, me he hecho estos análisis porque quiero empezar un proceso para ser madre soltera. No quiero hacerlo con Felipe.

—¿Cómo que madre soltera? Pero ¿dónde se ha visto eso? ¿Cómo lo vas a hacer así, por tu cuenta? ¿No ves que para que un feto se desarrolle necesitas a un hombre? ¿Qué experimentos son esos?

—Papá, la reproducción asistida no es un experimento. Es un proceso por el que pasan mujeres solteras, parejas homosexuales, parejas heteronormativas con algún problema de fertilidad... Y sí, se necesita un espermatozoide, pero hay hombres donantes.

—Julia, ya está bien. Yo entiendo que acabas de salir de una relación larga, que estás un poco perdida, que entre el trabajo y el máster no te queda mucho tiempo para pensar y que has tenido momentos mejores, vale. Tu madre y yo lo sabemos, te acogemos en esta casa con los brazos abiertos, te animamos en la medida de lo posible... Pero esto no, Julia, esto no. Ni hetero A ni hetero B ni solteras ni donantes. No. Los hijos se tienen como Dios manda, con una madre y con un padre. Si quieres ser madre, lo que tienes que buscar es un padre para tu hijo, así de fácil. Y ya lo tenías, ¿eh?, pero te pudo la prisa, qué le vamos a hacer. Y, ahora, lo que te toca es esperar a encontrar a otro. Ni más ni menos. Y cómete la sopa, que se te va a enfriar.

Me levanto de la mesa calmada, tanto que no se sorprenden. Les digo, en muy buen tono, que me voy. Que gracias por acogerme, pero que si lo hacen no es para echármelo en cara.

—Tu padre no te ha echado nada en cara, cariño. Siéntate, de verdad. Pero tienes que entender que es que todo esto es demasiado. ¿Qué vas a hacer tú sola con un bebé?, ¿tú sabes lo que es criar a un bebé? Además, la gente pensará que no sabes quién es el padre, que alguien te embarazó por ahí y que te tocó apandar con el bombo. No te esperarás que la primera opción que se pase por la cabeza de todo el mundo sea esa modernidad de que quisiste hacerlo así. Vamos, desde luego que no. Es que qué vergüenza.

—Vergüenza es, precisamente, la que me dais vosotros. Pero, tranquilos, que por lo visto no tiene pinta de que pueda ser madre, ni sola ni acompañada. Es posible que tenga una menopausia precoz, o quizá incluso los resultados son tan malos porque estoy enferma de algo más grave. No lo sé. Aunque no sé ni por qué os lo estoy contando si ya me habéis dejado claro que lo que os preocupa a vosotros no es mi salud ni lo que diga el informe.

Me encierro en mi habitación y me tumbo sobre la cama, pero ya no tengo ganas de llorar. Lo que siento es rabia. No quiero seguir aquí. No soy una niña; necesito sentirme adulta y para eso tengo que marcharme de esta casa. Pienso en la morra, pero recuerdo que se ha ido a Madrid a ver a una amiga y no vuelve hasta mañana. Llamo un par de veces a Irene y no lo coge; es raro porque se acuesta temprano, pero no tanto. Lo intento una vez más y, como sigo sin respuesta, lo dejo pasar. Le envío un wasap diciendo que no quería nada, que no se preocupe. Cualquier otra pasaría de las llamadas, pero cuando Irene las vea se va a asustar creyendo que ha pasado algo grave. Que sí, pero supongo que no es urgente. Llamo a Sofía y me dice que vaya, que claro que puedo dormir con ella.

Preparo una bolsa y me acerco de nuevo a la cocina para anunciar que hoy no dormiré en casa y que seguramente mañana tampoco. Mi madre se pone a llorar, y yo le pido por favor que no haga un drama, que no tengo quince años. Me despido, y es Juani la que viene a mi encuentro; me pilla ya con la puerta abierta y no dice nada, solo me da un abrazo que lo abarca todo. Salgo.

Al llegar a la calle y poner rumbo a casa de Sofía, caigo en que tengo muchas cosas que contarle; no sabe nada de lo de Fe si es que Irene ha sido capaz de mantener la boca cerrada.

Tampoco le he dicho lo de Sergio, y esto le interesa, porque cuando comió con él fue ella quien se tragó su paripé. A medio camino también me doy cuenta de que hace apenas una hora que sé que mi diagnóstico es que no podré tener hijos y que, Sofía, que no quiere ser madre, probablemente esté embarazada. Y me enfado. La vida no es justa.

44

Solo he sabido elegir
una cosa bien en la vida

SOFÍA

Claudia ha puesto en el grupo un mensaje urgente y nos ha pedido que lo escuchemos todas. Irene no ha respondido, y eso quiere decir que pasa algo. De hecho, no ha respondido nadie, pero es normal por parte de las demás. Que Irene ejerza siempre de amiga principal para todas supone que la demos por hecho. Cuando a alguna no le apetece responder, cuando no le apetece escuchar, cuando no le apetece acompañar a otra, no pasa nada porque siempre está Irene. Nos tiene mal acostumbradas, pero tampoco podemos eludir nuestra responsabilidad.

A mí ahora mismo me da mucha pereza elaborar un mensaje, pero aun así lo hago. Que entiendo que es buena noticia, o al menos una buena oportunidad. Que decida lo que decida bien estará. Que qué suerte tiene con Pablo. Y que, cuando sepa más, nos cuente. Enviar. Palabra por palabra, lo que ella quiere leer.

Lo que me parece realmente es que la suerte la tiene con una madre con contactos a un nivel tan impresionante como para crearle un puesto de trabajo a medida en semejante bufete. Al menos hay que decir que Claudia va de cara contando cómo ha sido, porque también podría inventarse que la han contactado por LinkedIn y no nos enteraríamos jamás. Después es ella quien se queja siempre de este tipo de comportamientos por parte de los padres de Pablo, pero la verdad es que su madre no se queda atrás. Las familias se llevarán bien.

Irene tampoco me ha escrito hoy preguntando si me he hecho el test. Cada veinticuatro horas me envía un mensaje con alguna excusa y me pregunta disimuladamente si sabemos algo, como si esperásemos una respuesta del más allá y no dependiese de mí. La verdad es que esta mañana me he duchado tarde y hasta que no necesité una braga y abrí el cajón no recordé que las pruebas estaban ahí, esperando por mi primer pis, que ya había sido hacía varias horas.

Espero acordarme mañana. Además, me despertaré con alguien al lado para controlar que cumplo. Julia está de camino. Me ha pedido dormir aquí, y yo no quiero tener pareja, pero siempre me parece bien hacer la cucharita, así que le he dicho que por supuesto. Supongo que la morra no está y que habrá discutido con sus padres. Yo no me imagino regresando a casa de los míos.

Aprovecho para recoger un poco todo lo que tengo tirado por este espacio que hace las veces de salón y de habitación. También coloco todas las tazas que pueblan los muebles y estanterías en el fregadero. Me percato de que no tengo nada para cenar; como mucho, quizá alguna lata de conserva. Espero que Julia ya haya comido algo en casa, o que sea ella quien traiga algo de comida, que yo ya pongo la casa.

La imagen pixelada que me ofrece el videoportero solo es comparable a la de los MMS que existían cuando estábamos en bachillerato, pero aun así es suficiente para apreciar que Julia no trae buena cara. Cuando alcanza la puerta y pasa, la cierra, apoya la espalda en el marco y comienza a llorar desconsolada mientras se deja vencer por el peso de su cuerpo. Termina sentada en el suelo, con la cabeza entre las rodillas. Yo intento abrazarla, pero me aparta con un manotazo débil. Me siento también en el suelo, frente a ella, y espero a que se recomponga.

Cuando lo hace y me cuenta, soy yo quien se queda sin palabras. No sé dónde se le pone una hoja de reclamaciones al karma, pero aquí está fallando algo; es demasiado injusto. Me ha dicho lo que dicen los resultados y ha sacado un papel arrugado del bolsillo del pantalón en el que he podido comprobar que no cabe la posibilidad de que haya leído mal. La cosa está fastidiada y podría incluso fastidiarse más.

Me explica su teoría de que quizá todo esto no sea más que marketing de clínica privada para que los pacientes se vean obligados a seguir pagando pruebas. Cuanto más urgentes, mejor. Le digo que podría encajarme, pero que no quiero ayudarla a hacerse ilusiones con algo que, en principio, pinta mal. Que lo primero que vamos a hacer es pedir una cita con su médico de cabecera a través de la aplicación. Me dice que ella no la utiliza, que siempre que ha necesitado algo ha ido por el seguro privado. Yo me encojo de hombros, porque con la Seguridad Social me he visto en unas cuantas, pero los seguros privados ya no los manejo, se me escapan.

Me pide que busque con ella en internet más información sobre el tema y logro convencerla para que descarte la idea. Si ya parece grave, lo único que vamos a conseguir es hacer que parezca peor. No es necesario. Acordamos que mañana a primera hora nos plantaremos en la clínica y pediremos explicaciones. Decidimos que, si todo sale bien, los denunciaremos por el mal trago que nos están haciendo pasar.

Nos trasladamos al sofá y acabo preguntándole si ha cenado o si le apetece que pida algo. Es ella quien saca el móvil y me dice que me deje sorprender. Aprovecho para contarle qué dice Claudia en su mensaje importante y se anima a reaccionar al mensaje con un corazón. Julia es así, apenas contesta y, cuando lo hace, es de manera escueta y directa. Si esto lo hiciese otra, probablemente se le atacase con ello o se le echase en cara. A Julia no, así se ha establecido su rol y eso es algo que ya no puede cambiarse.

Al cabo de media hora, suena el timbre. Cuando abro la puerta, el repartidor está empapado; nos dice que ha empezado a llover, que será un chaparrón. Está chorreando, pero saca nuestra cena de una mochila gigante que ha protegido la comida; llega intacta, ni una gota. De hecho, todavía está caliente. Le damos las gracias, pero el repartidor insiste en que no, que gracias a nosotras. Después añade que le ayudaríamos mucho en su trabajo si pudiésemos dejarle una reseña, que si nos animamos a puntuarle, por favor, lo hagamos con un ocho o un nueve, porque si no le corren, dice. Julia le asegura que así lo hará, que cuente con ello. Le pide que espere un momento y va a buscar su bolso. Le entrega un billete de diez euros y le dice que por favor tenga cuidado con la moto y con la lluvia antes de despedirle de nuevo. Él se va, lo hace dando las gracias una y otra vez.

—A este pobre hombre, que se deja la salud trabajando, le obligan a humillarse pidiéndonos una valoración positiva y le amenazan con echarle si no lo consigue. Y en cambio en la clínica de las narices se permiten enviarme un mail con semejantes resultados sin explicarme nada más y sin la posibilidad de hablar por teléfono. Pues, ya que dejo una reseña, dejo dos, que no me cuesta nada. ¿No puedo ponerle menos de una estrella a esta clínica de mierda, no hay cero o menos uno?

—Julia tiene razón en todo, pero cuando se refiere al repartidor como «pobre hombre» se le ilumina el apellido. Desaprender lo que nos ha venido dado es un trabajo diario.

La cena sorpresa resultó ser mexicano; uno nuevo que Julia ha descubierto con la morra. La verdad es que la gastronomía mexicana está entre mis favoritas. Al terminar, recogemos un poco y nos lavamos los dientes. Luego, mientras Julia se pone sus cremas, reviso la agenda para ver cómo me estructuro la mañana. Después nos metemos en la cama. Me pregunta si puede abrazarme, y le respondo que, por favor, lo haga. Me pide que le confiese si estoy embarazada, y le digo que no lo sé, que me noto emocionalmente rara, que pensaba hacerme el test al despertarme, pero que con ella así no me parece bien. No responde. Nos dormimos.

VIERNES

45

Adictiva, como Calipo de lima

IRENE

Leve resaca mañanera, nada grave. La verdad es que lo que iban a ser tres cervezas fueron seis, pero al menos ya es viernes. Quizá Pedro se ha ido a tomar algo con toda la clínica, pero no creo que de la misma manera. Casi me fuerza a preguntarle directamente todo lo que necesito saber, pero logré contenerme. Pese a la ingesta, él también se mantuvo firme en la indeterminación; a mí no hay nada que me ponga más nerviosa, pero a él le divertía.

Quizá en la despedida se comportó ligeramente como un baboso, no sé si por interés real o por si yo caía y se ahorraba el hotel. Que no le importaría comprobar si realmente soy como me imagina en la cama, me dijo. Y no me habría venido mal un polvo, pero es que es trabajo, y una cosa es verle tres días a la semana, vale, pero, si empieza una jornada completa, empezamos algo y luego no funciona o hay problemas, no quiero que me pille ahí. Mejor dejarlo estar. Además, no es tan guapo. Y, más allá del juego que se traía anoche, parece una persona opaca, y nunca traen nada bueno.

Ahora, como no ha pasado nada, nos encontraremos en la clínica en un rato con total normalidad. Si estuviésemos despertándonos juntos sería raro, desde luego. Estaría incómoda trabajando, me sentiría culpable y tendría la sensación de que lo sabe todo el mundo, así que no. Mejor no. Vamos a dejarlo aquí.

Lo que no puedo dejar de lado es todo lo que tengo pendiente con estas, que no están las cosas como para desconectarse. Ayer, con la tontería, dejé a Claudia en visto. Menos mal que las demás han hecho el esfuerzo de responderle algo. Y Julia dice que no me llamaba por nada, pero tres llamadas perdidas en el mismo minuto no son para preguntar qué tal, así que la llamaré ahora de camino al trabajo para salir de dudas.

También tengo que llamar a mi madre; tengo un audio suyo de anoche diciendo que ya no puede más, que lo siente, que ya nos lamentaremos. Mi madre solo quiere llamar la atención, pero a mí me desespera. También hay un mensaje de mi padre que dice que tengo que ayudarle, que mamá está fatal y que él solo no puede.

La que no puede más con esto soy yo, la verdad. Esta misma tarde busco una psicóloga o una terapeuta de parejas o un psiquiatra o un cura, no sé, y les pido que me acompañen. Y tengo que hablar también con mis hermanas, que al final todo esto me lo estoy comiendo sola. Y, si heredamos todas, nos responsabilizamos todas.

46

La suerte es una ramera
de primera calidad

Sofía

He abierto un ojo a las siete y media de la mañana, y Julia ya estaba junto a la ventana llamando a la clínica, como si con sus llamadas pudiese lograr que el personal entrase antes a trabajar o como si empujase el reloj con cada tono.

No he tardado mucho en darme cuenta. Han sido unos segundos, pero he notado la sensación. Tumbada en la cama, como si algo interno, algo que no pudiese sujetar, se cayese, se resbalase. Me siento un poco incómoda. Todo sucede muy rápido, y mis neuronas a estas horas todavía no logran conectar lo necesario como para ofrecerme una explicación eficaz. No la necesito. A veces basta con que opere la intuición, y yo intuyo que lo que pasa es que estoy a punto de sentirme mojada. Es ella. Por fin.

Me levanto de un salto y corro al baño; hoy la verdad es que agradezco que esté tan cerca, no hubiese aguantado un pasillo. Julia grita de fondo preguntando si estoy bien, si pasa algo, y yo me siento en la taza del váter y noto cómo todo cae. Me deshago en coágulos. Un par de pinchazos abdominales avisan de que no será una regla normal, de que viene fuerte. Es una regla, en cualquier caso, y llevaba mucho esperándola.

Le pido a Julia que me acerque una braga menstrual y, al buscarla, se topa en el cajón con las pruebas de embarazo. Llega al baño llorando, con una mano me tiende la braga y con la otra me muestra dos test de embarazo al tiempo que me pregunta qué haré ahora con ellos. Le digo que no lo sé, que esto ha sido muy raro y que supongo que me haré uno igualmente, por descartar. Ahora que me ha venido la regla, juego con ventaja y puedo esperar, tranquila, a que solo aparezca una rayita.

El otro decido regalárselo. Le digo que todo estará bien. Que el cuerpo es sabio y que el suyo le pide ser madre, que lo conseguirá. Y que será pronto y necesitará este test, que se lo guarde. Me abraza, me da las gracias y me confiesa que se alegra de mi regla, porque no sabe si podría soportar ahora mismo que yo tuviese un bebé, dice. Me pregunta si eso la convierte en mala persona, y yo argumento que no, porque de lo que se alegra es de que no pase algo que para mí sería una desgracia, así que está bien. No es esto exactamente lo que pienso sobre envidiar tanto a una amiga como para preferir que las cosas le vayan mal a sentir celos, pero es todo lo que Julia necesita escuchar ahora, y eso es lo único que importa.

47

Puede romper todo el futuro

Julia

Salgo de casa de Sofi directa a la clínica de fertilidad. No abren al público hasta dentro de una hora, pero seguro que alguien llega antes y puede decirme algo. Por el camino me llama Irene. Le cuento la situación: por qué insistí en llamarla ayer, el resultado de los análisis, la discusión con mis padres, que he dormido en casa de Sofi y que estoy yendo ahora mismo a pedir explicaciones.

Saco del bolsillo el papel con el informe y leo exactamente lo que pone, porque así me lo pide. Lo he leído un millón de veces en las últimas horas, lo ha visto Sofía y me lo sé de memoria, pero Irene todavía cree que podemos estar equivocadas o haber pasado algo por alto y me pide que, por favor, se lo lea. El resultado no es diferente del que le acabo de mencionar, así que me pide, también por favor, que le envíe el documento en PDF por WhatsApp, por si acaso ve algo más. Lo hago, se lo envío. Se despide, dice que entra a trabajar y que hablamos más tarde, que tiene un hueco a media mañana y que si quiero un café me pase por allí.

253

Yo aún no he decidido si voy a llegar tarde a la oficina y fingir normalidad o si voy a alegar enfermedad y quedarme en casa. No lo he decidido porque no tengo casa en la que quedarme. Le envío un wasap a la morra y me dice que aterriza a las doce, que podemos vernos en su casa a las doce y media. Le digo que cuente con ello y que quizá esta tarde tampoco vamos a clase. Me pregunta, con ironía, que a qué clase. Emilia siempre consigue hacerme reír.

Por fin abre la clínica. La mujer de recepción es una chica dulce y agradable que me dice que me calme mientras me agarra la mano. Revisa mis datos y se disculpa a título personal por cómo han gestionado la situación. Me explica que, si solo pago por la analítica, el protocolo dice que únicamente hay que mandar los resultados por correo electrónico. Nada más. Que no cree que esté bien hacerlo así, que no lo comparte, pero que simplemente es una empleada. Me dice que no tiene la titulación necesaria para ampliar la información y que el personal autorizado a ello no estará aquí hasta esta tarde, pero que, desde su experiencia, los resultados no pintan bien. Me explica que lo que procede ahora es realizar una serie de pruebas; que no me agobie, dice, que no es demasiado urgente, pero que no debería tampoco dejarlo estar. Me anota en un papel un nombre, una dirección y un teléfono de otra clínica. Me dice que nada es definitivo, que tenga paciencia y que no me venga abajo. Su sinceridad y su franqueza anulan mi enfado. Estoy en las mismas, pero salgo de allí en paz.

48

Llueve casi siempre; casi siempre para

CLAUDIA

Ha sido comunicar mi baja inminente en el despacho y ha aparecido de repente la posibilidad de un ascenso si me quedo. No ha sido nada concreto ni sobre el papel, pero sí que ha sido eso que llevaban tantos meses asegurando que era imposible. Como necesito regresar a Vigo este mismo fin de semana y no estoy avisando con la antelación necesaria, además de que no conviene nunca quedar mal con los jefes, me ofrezco a estar disponible para lo que haga falta por teléfono durante los próximos treinta días. Les digo una mentira piadosa: que tengo que regresar porque mi madre no pasa por un buen momento. No sé si esto pasa en todas las oficinas, pero desde luego el bufete es un patio de vecinas; cuando me despido uno a uno de mis compañeros, dos de ellos me dicen que sienten mucho el cáncer de mi madre. No me molesto en corregirlos, con un poco de suerte no volveré a verlos en mi vida.

Regreso a casa a mediodía para preparar las cosas y me encuentro a Pablo haciendo una maleta. Me dice que después de su primera reunión ha podido pedirse el día, que así me ayuda. Le confieso que estoy aliviada tras haber dejado el trabajo, pero que no sé al cien por cien si quiero aceptar la oferta en Vigo. Que no sé si seré capaz de gestionar una boda y una relación a distancia, que todo es muy complicado.

Él no dice nada al respecto, simplemente me coge las manos y asegura que, si nos damos un poco de prisa, podemos cargar las cosas imprescindibles en el coche e irnos hoy mismo a Galicia. Que allí podemos hablar de todo tranquilamente con mi madre, que puedo consultarlo con las niñas, que tal vez el mar me ayude a pensar durante el fin de semana y que, después, él se vuelve el domingo y yo me quedo allí reposando la decisión final. Me promete que una semana pasará volando, que el viernes que viene puede volver, o puedo venir yo. Se esfuerza en recordarme que no tenemos que abandonar este piso mañana, que tenemos hasta diciembre para vaciarlo poco a poco y que no todo me lo tengo que llevar. Hasta que no tenga una decisión firme y definitiva no va a hablar con sus padres, dice.

Le miro a los ojos y se me olvidan las prisas. Me sonríe, se le marcan los hoyuelos. Le muerdo la oreja izquierda. Siempre que me pongo un poco tonta juego a morderle ahí; tiene un lunar tentador. Él me besa muy lento en el cuello. Hacemos el amor en el sofá, como sellando así el acuerdo de una nueva etapa.

49

Me peleo contra todo lo que viene

Belén

Me han pedido que me acerque a Santiago durante todo el fin de semana. Es una convención de aseguradoras, y, ya que me he negado a la convivencia de la empresa en Asturias, me dicen que tengo que ir a esto para representar a la oficina. Empieza mañana. Me avisan hoy. He sido capaz de decirles que lo siento mucho, pero que no podrá ser porque ya tengo otros planes. Mis planes no son nada más que mi sofá, pero es que no me pueden hacer esto.

Sí, señora, lo has hecho. ¿Y qué ha pasado? ¡NADA! ¡Nada, Belén! No te han despedido, y si lo hiciesen te harían un favor. Además, es que cae de cajón, ¿qué pintas tú en Santiago o en Asturias un fin de semana con la empresa? ¿Acaso la vas a heredar? Tienes que aprender a decir que no con mayor rotundidad, que si no te vacilan.

Me dicen que lo entienden y que no me preocupe, que irán ellos a Santiago. No entiendo demasiado la reacción y no sé si me traerá consecuencias en un futuro próximo, pero me siento ligera. No me preocupa. Lo que sí tengo en la cabeza haciendo ruido desde hace un par de días es que hace más de tres meses que vivo en mi casa y las niñas no la conocen. *Ya está bien, ¿no? Aprovecha y haz lo que te dijo la psico, queda con ellas o que vengan. Invítalas a cenar.* Es verdad que se han ofrecido a venir en alguna ocasión y yo he dicho que todavía no estaba lista, y también es verdad que sigue sin estarlo, pero creo que me vendrá bien. *Pues claro que te vendrá bien estar con gente, desde luego que sí.*

No es que me apetezca una fiesta, pero creo que se merecen una explicación y que quizá puedo empezar a contarles qué está pasando. *No creo que seas capaz de hacerlo, pero bueno, inténtalo, claro.* Así que me descubro buscando opciones de cena de picoteo y canapés en cada ratito muerto que tengo en la oficina. Les propongo que se acerquen esta misma noche, por si acaso mañana deja de apetecerme el plan. *Eres la reina de la antelación, Belén. No fastidies.*

> Ay, Belén, qué ilusión!

> Claro que sí, cuenta conmigo!

> Qué ganas de conocer tu casa!

> Qué llevo?

> No sé. Si queréis, decidme qué os apetece y yo hago una compra
> Sin problema

Sorprendentemente, todas responden que sí. Julia me consulta si puede venir la morra, y Claudia me anuncia que ella y Pablo llegan a Vigo un poco más tarde, pero vienen directos. Se suman.

Epílogo

Por encima de todas las cosas

Sofía

Belén nos ha confesado que no pasa por un buen momento. El tema empieza con Ángel, como sospechábamos, pero va mucho más allá. Ha empezado a ir a terapia y se ha sincerado con cómo ha vivido los últimos meses. Nos ha pedido que estemos ahí. Solo eso, que estemos ahí. Irene le ha propuesto un montón de planes, y ella ha dicho que poco a poco, que por ahora basta con que nos note cerca.

Es horrible que una amiga tenga que pedirnos que estemos ahí. ¿Cómo nos hemos comportado para que tenga que pedirlo así, a las claras? Dice que es una conclusión a la que llegó con su psicóloga el primer día, que nos ha echado de menos, pero que no se había dado cuenta. Asegura que lo vio claro en la sesión y que está segura de que nosotras tampoco estábamos siendo conscientes, que por eso lo decía en voz alta.

Claro que estábamos siendo conscientes. Claro que había un piloto encendido con Belén. Claro que el día a día nos come. Por supuesto que lo estábamos ignorando deliberadamente, que nos habíamos acostumbrado ya al ruido sordo.

Ahora nos hemos cargado una mochila gigante de culpa a la espalda y nos hemos comprometido a vaciarla con hechos.

Todas tenemos una relación más estrecha con unas o con otras, aunque es verdad que, en general, si necesitamos algo recurrimos a Irene. La que siempre ha tenido una conexión más cercana con Belén es Julia, pero, entre la llegada de la morra y el despropósito de sus circunstancias, es lógico que la haya descuidado. Nada que alegar. Los vínculos mutan como lo hacemos las personas.

Aprovechando el encuentro, Julia les ha contado a todas su situación, radicalmente diferente a la de hace solo unos días cuando compartimos mesa por última vez. Hoy no le ha importado que Pablo estuviese delante; lo ha hecho mientras agarraba la mano de Emilia, y ha empezado por el final: ha solicitado vacaciones, las necesita. La próxima semana se marcha con la morra a México. Dice que el viaje de todas sigue estando pendiente, pero que este tienen que hacerlo solas. Se van para tomar decisiones. Y mezcales, micheladas y margaritas, espero. Cruzar el Atlántico siempre admite más de un propósito.

Les ha contado a todas que Sergio está conociendo a alguien y aún no tiene claro cómo lo lleva. Que la vida la ha atropellado mientras digería la noticia y que ahora mismo está pendiente de más pruebas que confirmen sus dificultades para quedarse embarazada. Que no vio venir el golpe. Nos pide que si vamos a querer ser madres, por favor, nos hagamos las pruebas. Que no lo dejemos estar. Que no podemos confiar únicamente en la edad que tenemos.

Yo entro en la aplicación de salud para marcar que sí. Que, setenta y cinco días después, me estoy desangrando. Pido perdón en alto por estos últimos días en los que he estado poseída por el síndrome premenstrual y confirmo que vuelvo a ser yo. Celebro mis cólicos y maldigo haber nacido mujer. Las niñas se ríen, y Pablo no sabe dónde meterse. Lleva aquí menos de una hora y lo tiene claro, los subtítulos de su cara afirman que desearía haberse quedado con su suegra, sin duda.

Julia me pide que por favor vaya al médico, que no es normal haber estado meses sin regla, que puede haber algo mal y que conviene saberlo. Yo busco a Irene con la mirada y la veo asentir con la cabeza. Estoy segura de que se está mordiendo la lengua para no insistir con el tema. Finalmente abre la boca, pero lo hace para decirle a Julia que la acompañe a su ginecólogo con los resultados, que siempre está bien tener otra opinión. También le promete que se va a emplear a fondo en las redes buscando a Fe y que, si no logra encontrarlo, la acompañará de nuevo al local las veces que haga falta hasta que den con él. Julia nos cuenta, por fin, qué fue lo que pasó con Fe.

Claudia y Pablo parecen contentos y nos confirman que lo están. Claudia aceptará el puesto, es oficial. Se vuelve a Vigo. Por ahora, Pablo se quedará en Madrid. Dejarán su piso, y él se mudará al que sus padres le ofrecen en Aravaca. Claudia vivirá en el piso de su abuela, y esta se irá a casa de su madre para no estar sola. Se verán los fines de semana, aquí, allá o en algún destino diferente. Dejar de pagar alquiler les permitirá viajar y ahorrar para la boda. Claudia confirma, aunque mirando de reojo a Pablo para asegurar su aprobación, que se casarán aquí. Nos dice que tenemos una boda que preparar y le pide a Irene que no se emocione demasiado, que ella siga con lo de la despedida.

Irene finge que se siente ofendida por el comentario y le pregunta por qué piensa que es ella quien se encarga de la despedida. Nos reímos. Pablo cuestiona si a la boda irá sola o acompañada y le pregunta por Pedro. Irene no le ha hablado a Pablo de Pedro. Todas lo sabemos y todas miramos a Claudia, que le tira de las orejas y vuelve a formular la pregunta quitándole hierro al hecho de que, además de compartir su intimidad con su pareja, comparta la nuestra.

Irene cuenta que han ido a tomar algo, pero que él ha tomado algo con todas las personas de la clínica. Que seguramente amplíe su contrato a uno de jornada completa. Que sigue sin saber si tiene pareja o si vive con sus padres, pero que ha descubierto que los postres que lleva a la oficina los compra él. Que encarga sus menús semanales a una empresa de comida preparada. Le preguntamos si el hecho de que no cocine le resta puntos, y ella se ríe y nos dice que ya no hay clasificación en la que puntuar, que no piensa liarse con un compañero de trabajo.

La conocemos como para saber que Pedro le gusta. Que le gusta mucho. Que lo que no quiere es enamorarse, porque eso implicaría perder el control, e Irene no puede no tener las riendas de la situación. Ojalá se le vaya de las manos.

Me acerco a la cocina para preparar una tabla con los quesos que he traído. Le digo a Belén que no hace falta que me acompañe, que se quede en el sofá. Recorro el pasillo apreciando que el piso le está quedando precioso y al llegar, cuando les oigo reír mientras abro la nevera, pienso en que así es como debe construirse un hogar.

Corto los quesos con calma. De fondo los escucho hablar de tonterías: el precio de los muebles, una tienda de antigüedades barata, una anécdota en El Rastro, los mejores puestos de una feria que nos gusta en Portugal... Saltan de un tema a otro y se cuela en medio una conversación sobre cómo se conocieron Claudia y Pablo; ella cuenta también que él tiene la costumbre de esconder las cosas por casa, que a veces aparece un perfume en la cocina, uno de sus coleteros en el pomo de alguna puerta, un marco con una foto en el armario del baño... Dice que es una de las cosas que más va a echar de menos de la convivencia. Pablo rebaja la intensidad diciendo que lo que él más va a agradecer es no tener que compartir el baño con Claudia. La conversación vira a lo que cada una de nosotras tarda en el baño.

Regreso al salón con los quesos y observo cómo empiezan a comer mientras siguen hablando y riendo. Y pienso que en realidad todo se reduce a esto. A las cosas que nos pasan y a esta suerte de lugar para compartirlas. A este momento y a estas personas. Que, aquí y así, las guerras internas mudan en flores. Que el mundo calla si las niñas se ríen.

Nota de la autora

Las cosas que nos pasan están aquí, en estas páginas, ficcionadas, tratando de servir como entretenimiento, refugio o evasión para quien decida adentrarse en ellas. *Las cosas que nos pasan* están en toda la literatura, en todos los libros. *Las cosas que nos pasan* están también en las películas, en las series, en los teatros, en el arte. Y *Las cosas que nos pasan* están, por supuesto, en la música.

Siempre hay una canción capaz de transportarnos a un instante, a un lugar, a una persona. Siempre hay una canción, una melodía, capaz de expresar lo que nos está sucediendo por dentro y no logramos sacar. Menos mal que existen las canciones.

Son precisamente frases de algunas canciones las que sirven para vestir los títulos de estos capítulos. Juntas dan forma a la *playlist* de *Las cosas que nos pasan*, porque la música siempre está ahí, poniendo banda sonora a nuestra vida para que, pese a todo, podamos bailarla.

1. No sé qué tiene el presente, que no me gusta | VERA FAUNA, «Los naranjos».

2. Una misma historia siempre la desgasta | Valeria Castro, «Guerrera».

3. Ni miedo, ni vergüenza, ni culpa, ni dinero en el banco | shego, «Curso avanzado de perra».

4. No dosifiques los placeres. Si puedes, derróchalos | Joan Manuel Serrat, «Hoy puede ser un gran día».

5. Que no se perciba mi fragilidad | Depedro y Coque Malla, «Déjalo ir».

6. Hablemos para no oírnos, bebamos para no vernos | Vetusta Morla, «Maldita dulzura».

7. Esta pena que a veces teño | Grande Amore, «Esta pena que a veces teño».

8. Y en la garganta un nudo | Morgan, «Sargento de hierro».

9. Yo no soy agresiva, pero creo que podría partirme la cara por cualquiera de aquí | Irenegarry, «La de los amigos».

10. ¿Quién va a salvarme a mí de mi cabeza? | Leiva, «Electricidad».

11. Que aguanten la revancha, venimos al desquite | Calle 13, «El aguante».

12. ¡Qué falsa invulnerabilidad la felicidad! | Silvia Pérez Cruz, «Mañana».

13. Tan rastrero, tan seguro | Zahara, «Hoy la bestia cena en casa».

14. Qué bien funcionas como recuerdo | Love of Lesbian, «El poeta Halley».

15. Me da miedo la enormidad, donde nadie oye mi voz | Nacha pop, «Lucha de gigantes».

16. Me crucé con tus amigas. No me soportan | Carolina Durante, «Normal».

17. En el último trago nos vamos | Chavela Vargas, «En el último trago».

18. Como el dolor de las flores que duermen con el huracán | La Raíz, «El tren Huracán».

19. Son tan frecuentes tristes amaneceres | Ismael Serrano, «Últimamente».
20. Seré señal cuidándote de cerca | Andrés Suárez, «Te va a pasar».
21. Eso que se nos escapa de las manos | El Último Ciclista, «Tomando este camino».
22. Ojalá se te acabe la mirada constante | Silvio Rodríguez, «Ojalá».
23. Solo hay un leve destello al que mirar | Alice Wonder, «Que se joda todo lo demás».
24. Yo soy todo lo que quieres cuando todo lo que tienes no te basta | Xoel López, «Joana».
25. Quiero acordarme de esto hasta el fin de mis días | Lucía Fumero, Rita Payés, Magalí Datzira y Eva Fernández, «La bamba».
26. Siempre hay algo más que a simple vista no se ve | Julieta Venegas, «Algo está cambiando».
27. Si aquí nunca nieva, aquí solo llueve | Eladio y los Seres Queridos, «El tiempo futuro».
28. Se me hace largo el viaje para esta conversación | Arde Bogotá, «La salvación».
29. Tan normal y tan extraña | Estopa, «Como Camarón».
30. Y quién lo diría | Rita Payés y Elisabeth Roma, «Quién lo diría».
31. Tengo miedo del encuentro con el pasado que vuelve | Carlos Gardel, «Volver».
32. *Un escudo no meu peito* | C. Tangana, «Oliveira dos cen anos».
33. Perdiendo la percepción | Niños Mutantes, «Náufragos».
34. ¿Para qué has tenido que hacer nada? | Aiko el Grupo, «A mí ya me iba mal de antes».
35. Se ha puesto todo del revés | Alizzz y Amaia, «El encuentro».

36. Qué felices, qué caras más tristes | Iván Ferreiro, «El equilibrio es imposible».
37. Voy a inventar un plan para escapar hacia delante | Standstill, «Adelante, Bonaparte (I)».
38. Y qué manera de perder las formas | Izal, «Qué bien».
39. Era distinto en 1932 | La Maravillosa Orquesta del Alcohol, «1932».
40. Qué voy a hacer | Perotá Chingó y Lido Pimienta, «Sencillo».
41. No me acostumbro a percibir de nuevo el equilibrio | Carla Lourdes, «Equilibrio».
42. Las cosas que te hubiera dicho | La Bien Querida, «De momento abril».
43. *E agora nada faz sentido* | Maro, «Saudade, saudade».
44. Solo he sabido elegir una cosa bien en la vida | Camellos, «Candorro».
45. Adictiva, como Calipo de lima | The Rapants, «O avión».
46. La suerte es una ramera de primera calidad | Quique González, «Los conserjes de noche».
47. Puede romper todo el futuro | María Yfeu, «Cógelo fuerte (antes de que cambie)».
48. Llueve casi siempre. Casi siempre para | Yoly Saa, «Galicia».
49. Me peleo contra todo lo que viene | Ede, «Caballo ganador».
EPÍLOGO. Por encima de todas las cosas | Amaral, «Marta, Sebas, Guille y los demás».

¿Quieres escuchar la banda sonora de este libro? Escanea este código QR:

Agradecimientos

Hay tres tipos de personas que llegan hasta aquí y leen estas líneas. Por un lado, la gente interesada en cotillear un poco más sobre la autora y tratar de encajarla en alguno de los personajes de la novela. Es un juego divertido en el que yo también acostumbro a participar como lectora; así que a ti, que me lees, que me regalas tu tiempo y que incluso cuando se termina la historia mantienes el interés, GRACIAS.

Por otro lado, están quienes buscan en estas páginas una pregunta más para la entrevista. Como pertenezco a este gremio, y subrayo la intención porque peco de lo mismo, si este es tu caso, compañero o compañera, aprovecho esto para para agradecerte que, de entre toda la oferta literaria que inunda las estanterías, hayas elegido esta opción que tienes en las manos. Gracias por tu trabajo, por la oportunidad de compartir esta novela, por hacerla llegar a más lectores.

Y, por último, aunque realmente es lo primero, están todas esas personas que llegan a estas líneas dispuestas encontrarse por aquí. Y yo, que además de un desastre soy una cobarde, no me atrevo a nombrarlas a todas por miedo a olvidarme de alguien.

Así que, si a lo largo de estas páginas has sonreído reconociéndote en algún detalle, conversación o situación, alguna anécdota, comportamiento, canción o incluso pensamiento, ahí está tu mención. *Las cosas que nos pasan* es una novela que habla de la vida, y el agradecimiento más grande va a quienes la comparten conmigo. Defiendo fervientemente que en este camino la suerte son personas, y yo tengo el mejor equipo.

A quienes me han sostenido en este proceso y en estos meses con un mensaje, una llamada, una visita, un abrazo y hasta con algún *tupper*. A todas las personas que me han ayudado —mucho— a compatibilizar agendas durante el último año. A quienes, pese a mi ausencia y mi desconexión, siguen aquí. De corazón quiero daros, a todas y a todos, las GRACIAS más grandes; esto habría sido imposible sin vosotros.

Sí quiero nombrar a las personas responsables de que esto que estoy escribiendo exista. El 9 de octubre de 2023, Gonzalo Albert me llamó por teléfono para preguntarme si me apetecería escribir una novela con él. Tuve que sentarme antes de responderle cuestionando si me estaba vacilando o si aquello era de verdad. El sí fue rotundo, y diez días después, en las oficinas de Penguin Random House en Madrid, lo firmamos con un abrazo a tres bandas. Alberto Marcos iba a ser mi editor. Tenía un proyecto de novela y un editor. Salí de aquella reunión sospechando que me había tocado la lotería y hoy lo confirmo. Ha sido precioso vivir este proceso con vosotros, cualquier gracias se me queda muy pequeño. No dejéis de hacer los sueños realidad en forma de oportunidad.

Una de las cosas más bonitas que me llevo de todo esto es la ilusión compartida de quienes recibían la noticia y la sentían como propia; los abrazos y los brindis que sirvieron para celebrar y para ayudarme en esta pelea constante con el famoso síndrome de la impostora. Podría saltar de un avión con la red que formáis quienes me sostenéis, os quiero mucho.

Entre las personas a las que quise llamar en aquel momento estaba Domingo Villar; me gustó ver que seguía contando con él. Me dolió sentir de nuevo su marcha, pero me quedo con el aprendizaje, que no es poco. También he aprendido mucho de quienes eran referentes y ahora son además amigas y amigos. Escritores y escritoras que, con la mano tendida, me han ofrecido ánimo, ayuda, consejos y apoyo constantes, respetando silencios, creyendo en algo en lo que todavía no creía ni yo misma. GRACIAS.

Esta novela tampoco habría sido posible sin quienes se ofrecieron a leer, aconsejar, opinar y acompañar. Personas sin las que el resultado habría sido otro y, por tanto, imprescindibles para hacer realidad esta ficción. Qué fortuna el poder contar con vosotras.

También desde aquí mi agradecimiento inmenso a libreros y libreras, quienes apuestan día a día por los libros como artefactos capaces de lograr propósitos que van desde la evasión hasta el cambio de pensamiento. Recomendar lecturas con pasión es pura magia.

Y en este párrafo final, gracias, en general, a toda la red comercial de Penguin Random House; por compartir esta historia, por hacer posible que llegue a los lectores. Y muchas gracias, en particular, a Miriam Hermida; porque hace ya algunos años, ella me abrió la puerta a un lugar que ahora es casa y, por el camino, descubrí a una gran amiga. Ninguna de las páginas anteriores se habría escrito de no haber sido por ti. Gracias por todo, por tanto.